南方的笑貌音容

——林偉光文集

林偉光　著

認識大陸作家系列

文章千古事

一

寫所謂的文章，有人調侃說：「爬格子的」，粗略算起，時間不能算短，已二十年出頭，也該有上百萬字的篇幅，收集了幾本書。應該可以說自己能夠寫作了吧？怎麼敢呢，近來是越來越下筆趑趄，怕得要命。即使勉強而成，也多半不盡如意。是不是「江郎才盡」？哪是？壓根兒就沒有什麼才。這是否是對從前的否定，或者超越？都不是，從前是「初生牛犢不怕虎」，讀一點兒別人的東西，就見獵心喜，居然也筆走龍蛇，說沒有靈氣，當然不是。寫作這行當，沒有靈氣不行，但光靠靈氣也不行，持續不了。我知道那上百萬字，是仰賴一點靈氣寫出來的，當然也不僅僅於此，只是距離滿意仍遠。馬齒之日增，見識之漸廣，使我悔不當初，對自己的草率落筆，深感臉紅。這或者就成了我當前害怕寫作的原因。

面對新進少年，那一副目無餘子的驕妄，我只有羨慕，他們敢於蔑視陳規，蔑視名流的勇氣，令人欽佩。只是也僅僅欽佩而已，

自己深知「文章千古事」，狂妄不得，當然更是輕鬆不起。因此每次為文，對我都是一份折磨，「非人磨墨，乃墨磨人」哉！

或許自己是落伍了，在這樣一個遊戲的時代，什麼都可以一玩了之，玩文學，與玩博、玩吧，在人們眼裏，早就一樣了，何必自苦乎如是？說來怪自己生不逢時，偏認定一個「文以載道」之理，履踐白居易的「文章合為時而著，歌詩合為事而歌。」以此為一種責任，這多少有自我標榜的成分，未免給自己下套，結果是不但玩不來，且已是累得精疲力竭了。

這麼一來，自己對寫下的文章當然不能夠滿意了，總覺得過分沉重，有作的痕跡，凡事一至於「作」，就可想而知了，離好文章就越來越遠了。好的文章標準是什麼？很難有定於一尊之尺度。但想想到底有，就是隨意，即蘇東坡所謂，「行於所當行，止於所當止。」有的人一味地注重文章之長短。長短當然不是重要的，文學史上長文固有佳構，短製也不乏名篇。不過，年輕時氣盛，好虛張聲勢，敷衍而成，往往下筆萬言而不能自休。及至年齒漸長，閱遍人間春色，反倒是文章越寫越短，正所謂：「而今識盡愁滋味，欲說還休」者也。

二

風花雪月的文字，寫多了，漸厭漸倦，如今日益地趨向於實，更多地去直面人生，甚至是從前所不耐煩的瑣屑人生。人生也無非酸甜苦澀，艱辛的歲月使人生多了些沉重的成色，這不是人的錯，

是年齡所使然。少年愛綺麗，多幻想，而走出少年之後，接踵而來的殘酷現實，不但粉碎了我們的夢，也令我們的筆沉實了起來。這好不好？難說。也不過各有風采，只是閱歷與年齡在文章裏的投影而已。然而，也有已走出了少年者，依然擺脫不了少年的綺夢，總是保持童年的天真，把艱辛化為詩意，更有的視現實的殘酷不見，化屠夫之兇殘於一笑。保持天真這是好的，但不能泯滅了人性與良心。聽過不少人說過，寫文章最後是寫人格，換言之，無非文章是人格的表現的另一種說法。這多少有點兒老生常談。

活在這世界上，誰也躲避不了心的浮躁，急功近利於寫文章者最是有害，有識之士早就強調，寫作者要耐得住寂寞。但偏偏當前的為文者最是坐不住冷板凳，張愛玲的一句「出名趁早」的話，被人從陳舊泛黃的故紙堆裏翻了出來，奉如至寶。才寫一年半載的文章，就急著拼湊出一本精美的大作；有的連抽屜兒裏，發不出去的早年的狗屁不通者，也堂而皇地花錢買個天知道的書號「正式出版」。這都不算個啥，可怕的是，纏住他人，強其揄揚，結果吹捧味極濃的評論散見媒體，一遇到評獎，則題外工夫做足，或花錢、或找關係，於是垃圾文字成了獲獎佳作，現在也已不是新聞了。

我這麼說似乎多少有些酸葡萄的味道，有沒有呢？自然不能排除。但說實話，因為與文學是一種從童稚時結下的因緣，好比初戀，到底仍存著某種近於夢的純真，希望是一處有別於其他的淨土，結果往往忘了這也是塵寰，有時就總會有妙玉似的「欲潔何嘗潔」的感喟了。

老作家孫犁有一句深有見地的名言，謂「文人宜散不宜聚。」他是身體力行的，甚至連作代會都不參加。這是真正耐得了寂寞的

人，所謂人淡如菊般的高賢。我們高山仰止，能亦步亦趨當然好。不過好像已經要為時人所笑了，尤其在這以炒作代替寫作的年月。我們常常好發些今不如昔之類的慨歎，其實呢，翻閱文學史，許多今天有的歷史上何嘗陌生？《文壇登龍術》所透出的玄機，以及借罵名人權威出名，幾個小蝦蟆你吹我捧，諸如此類，已是早作俑者的司空見慣哉！當然是古已有之，於今為烈，這也必然，畢竟又過了近百年了。

三

然而前輩文人總還是迂闊認真的多，起碼沒有見到過發明玩文學的。譬如魯迅，原是學與文學不搭界的醫，忽然的一個創痛的刺激，使他轉向並終其一生以文學救國。他寫文章達千萬字，都是認真的。曾經想寫長篇《楊貴妃》，材料搜集已富，只差到今西安昔長安去實地體驗就可動筆，終於有機會去了，最後倒意興闌珊了，說是覓不到那唐朝的雨絲風片。還有沈從文，解放後棄筆考古去，卻依然不能忘情文學，北京市作協每有討論會就微笑著趕來聆聽。可憐不懂與時俱進，據林斤瀾寫道，有一次，發言，聲細如蚊，只是微笑不見了，可見是嚴肅的，說，我不懂下鄉幾個月，下廠幾個月，搜集了材料，怎麼寫得出小說來。他說，他的小說都是寫回憶，回憶裏忘不掉的東西。如此迂闊，合該在文壇上銷聲匿跡。不但被當時的青年所笑，更被今天的後生所譏。

　　現在呢，不說下鄉下廠幾個月，這還是認真的，更多的乾脆就閉門家裏坐，或躺在賓館的席夢思，甚至幾位玩文的到酒吧去飲酒胡侃，七拼八湊，胡思亂想，馬上小說的材料就有了；如果現成的沒有，就炒古人，唐宋元明清，上溯秦始皇，筆下可生花者，如韓信可點之兵多多哉。這也無可厚非，只是誰耐煩去查古書，像魯迅似的去實地看看，反正借屍還魂，美其名曰「戲說」。「戲說」也者即胡編，誰當真誰傻冒：活該！

　　也有的乾脆懶得想，胡思亂想都懶，就瞄準現成的下手，如前人所不齒的抄襲，堂而皇之署上自己大名，出版發行。有朋友幫襯且上了排行榜，呼喇喇暢行大江南北。有原作者上訴法庭，打起官司來。從前文人怕打官司，怕惹緋聞，粉紅之類就把一個沈從文整得幾乎丟命，但如今的文人不怕，豈但不怕，正所願也。筆底工夫有限，炒作倒是到了家，且謂作家明星化，文學娛樂化。

　　面對這紛紜的世界，旗幟林立主義層出不窮炒作勝於寫作的文壇，葸爾小子哪得不彷徨？恐怕也會發出如幾十年前沈從文先生的「我不懂得寫小說了」之歎，不過把小說換成了文章而已。

目 次

南方的笑貌音容

——以潮汕為例

一

　　一句饒有詩意的話常常在我的心頭溫煦著。什麼話呢？是「北方下雪，南方下雨」。這似乎說出了南北之區別。是的，自小生長在嶺南的我，如果足跡不出嶺南的話，或者就一輩子都見不到雪。因此，每年冬季，北遊看雪的線路就總是吸引著眾多的南方人，尤其是對這世界充滿了好奇心理的青年人。同樣的，對北方人而言，下雨而經常濕漉漉的南方，也佈滿了神秘的氣氛。

　　歷史上，優勢始終在北方，堂堂的豪放之氣，把北方的天和地都鉚得足足的，是怎樣的金碧輝煌的燦爛文明，彷彿稍一抬手舉足，就流溢著濃濃的文化的韻味。那時，不要說僻處海隅的廣東，就連天堂般富庶的江南，也不在人們的眼角。於是建都江南的朝廷就都是出色不大的，偏安的苟延殘喘，一直到亡國的悲愴，而唱起別離之歌。東晉如是，六朝如是，南宋南明也一味的悲歌相續。黍離之痛，然而又

1

最是無心無肺，六朝如夢鳥空啼，依舊煙籠十里堤，那紙醉金迷的燈紅酒綠，如暖風熏得遊人醉，朝朝暮暮，西湖的歌舞無時休。

這是亡國之地，這銷金窟的江南。至於更遠的嶺之南，卻又是令人談虎色變的蠻荒之地、煙瘴之區，成了唐宋流放大臣的偏遠地方。這裏彷彿危機四伏的地獄，連大文豪韓愈也戰戰兢兢，彷彿這是死亡之所，於是淒涼悲愴地哭哭啼啼。不錯，南方是百越人的地盤，充沛的陽光雨露滋長著繁密的植物，氤氳升騰著霧氣。對蛇的敬畏，對狗的圖騰崇拜，還有千溪萬河的恣肆，無不令南方彌漫著巫的神秘。在繁密的樹林蘊藏著的究竟是什麼？對每一個初履南方的北客，始終是一個難以索解的謎。

南方的城市，在過去，那是最是南方的。四四方方的東西南北，根本行不通。曲裏拐彎的幽深的小巷，蛛絲網似地密佈。狹狹的，多數僅容一人，在兩邊高高的牆的夾縫裏走著，前途未卜的膽戰心驚，怎不令人惴然。幽深的小巷，居然隱藏著同樣幽深的屋，而且還有林立的，壓得人氣悶的牌坊。在古城的潮州，我就不時地有這樣的邂逅。

在我居住的這片南方土地，是難得的丘陵中的一塊平原，一條源於閩西的江，浩浩而來，滋養著這千多萬的人。蠻荒、煙瘴，早就成了歷史，自明之後，已是風物冠九州，號稱富足。這一群被稱作潮人的族群，又是如何的特殊。一方面溫文儒雅，忙裏偷閒時，就三弦琵琶箏，居然是北國中原早已失傳了的唐宋雅音；而講究的工夫茶、精緻的潮州菜，就更是把孔子的「食不厭精」的思想推演到了極致。最富麗堂皇的還是住，像一座座小皇宮似的豪宅，集精巧美於一體，飛簷、歇山頂、嵌瓷，以及雕樑畫棟，使它的藝術性更高於實用性。許多的潮人，闖南走北，甚至漂洋過海，可是仍然

忘不掉把掙來的血汗錢，攢起來，寄回家鄉建一座這麼的豪宅。澄海隆都的陳慈黌家族，幾代人費時數十載，建起了一片即使今天也令人矚目的龐大的建築群。其中反映了潮人光宗耀祖的潛意識，這是中國人，無論南北，誰都可能有的一種心態。

精緻的生活態度在潮人身上根深蒂固著，彷彿融進了血液裏的那一份講究，即便是販夫走卒，也不例外。曾見過三輪車夫，等待客人的那點兒空閒，也不忘來上幾杯儒雅的工夫茶；至於商場上，工夫茶更是必不可少，甚至宴席之上也有工夫茶的點綴——還有哪個地方把茶與精緻的生活結合得如此融洽，把生活安排得如此從容。

據說潮人是最善作長袖之舞的族群之一，有中國「猶太人」之稱，似乎是唯利是圖，該是為利來為利忙才是。其實不然，有北客來——這裏把潮之外的一切人都視為北客，曾驚訝於潮汕最大中心城市汕頭生活節奏的從容與悠閒。

古人說，「忍把浮名，換取淺斟低唱」。其實即是浮名微利也何妨淺斟低唱，潮人是工作與生活兩不耽誤。曾有人把潮人的心態歸納為「工夫茶」文化，頗致微辭，彷彿一旦拋卻了工夫茶似的精緻，換上大碗茶，就當能幹出令世人矚目的大事。這不免皮相，沒了工夫茶的精緻，何來潮人哉？

二

潮人總喜歡說自己在省尾國角。展開中國地圖，潮汕地處東南一角，北有山，南臨海，居於粵之東，距離省城廣州仍有近五百里，

卻與福建之漳州接壤，謂「省尾國角」，十分準確。即使如今交通便利，想去首都北京，除了飛機，坐火車都得到廣州或廈門中轉，未提速前，費時多在三天三夜之上。試想在交通落後的古代，可不是「鳥飛也要半年程」？

　　省尾國角，自然是爺爺不疼、姥姥不惜，一切都得靠自己。但也有好處，就是山高皇帝遠，有更多的自由，沒有拘束的條條框框。因此，儒雅的外表，就包裹著血熱的衝動，那是海盜式的冒險的精神。當生活在黃河邊的人們，把闖關東與走西口的歌唱得聲嘶力竭時，潮人已把眼光投向海洋之外的世界。我曾專程去看過清中葉潮人闖世界的起碇之地，——距離汕頭幾十里的澄海東里樟林古港。時移景遷，滄海桑田，雖說古港已淤塞得幾乎難以窺測原貌，但這曾通往世界的出發點，僅僅一條小溪而已。很難想像這就是近千萬海外潮人的最初出發之地。事情往往就這麼奇怪，即使未來的演變多麼神奇，最初總是出乎人意料的尋常。

　　闖世界總不會像如今這樣誘人，那是拼卻了生命，有著更多的苦澀的血與淚，因此，總是被生活驅逐得無可奈何的一種選擇。有歌謠為證，「無錢無米無奈何，背個包袱過暹羅（即泰國）。火船一到七洲洋，回頭再望我家鄉。父母孻子個個哭，哭到我心如著槍。」對於闖世界者，是破釜沉舟，前程茫茫，充滿了未卜的危險，「暹羅船，水迢迢，會生會死在今朝。過番若是賺無食，變做番鬼恨難消。」當然，即使是多麼善於經營，掙錢出人頭地的畢竟少數，更多的就真的「變做番鬼恨難消」了。這倒就苦了家中日夜盼望的父母妻兒。

　　在潮汕這片土地上，究竟有多少倚閭盼郎，終至於青絲白髮，紅顏憔悴的望門寡婦，似乎誰也說不清楚。有不少過門三朝，即與夫婿分離，而終其一生，朝朝暮暮只和夢中之人廝親。可憐的卻還要侍奉公婆，操持家計，在苦澀的淚水中熬盡了生命的最後一點力氣。有的人發達了，另外娶妻生子，每年只是捎回來極少的幾個錢，可家裏的這位，依然固守著，直至把自己埋進了夫家的墳山。這好像就圓滿了，只是這樣的圓滿，也委實太淒慘了。

　　這就要說到潮汕姿娘了。在女畫家趙澄裏筆下的潮汕姿娘：著紅花衫、綠襖褲，穿紅鞋；眉目如畫，黑髮如雲，倚門回眸，大半個臉盤都埋在絹扇裏，——渾身散漾著古典的嫻雅。難怪直到今天，仍然是異地後生哥們心目中的最佳對象，他們不諱言地為潮汕姿娘唱起了讚歌。潮汕姿娘，當然也當得起豎起大拇哥的稱讚。先說外貌，嬌小，膚色膩白，相貌妍雅，況兼聰明伶俐，是標準的進得廚房，出得廳堂的典範。做姑娘時，她們代替父母看顧弟妹。早晨總是起得最早的人，煮好了早飯，就提著衣籃到井邊、溪畔浣洗衣衫，之後又和同寅姐妹，聚在榕蔭下飛針走線。出嫁後，她們相夫教子，把青春年華無保留地奉獻於日復一日的，柴米油鹽的瑣瑣屑屑中。她們互相交流著，即使最笨的姿娘也能做出幾個拿手的菜肴。

　　因此，不能不說潮汕男人是幸福的，勞作之外，對家裏的事就頗有些橫草不拿，豎草不扟的架勢。不過，這也已經在發生著變化了，比如青年一代的潮汕男人，被訓練成新好男人的漸漸多了。是潮汕姿娘開始覺醒，還是潮汕男人與異地的男性看齊，也開始憐香

惜玉起來？不過，說句掏心的話，能夠成為潮汕姿娘的丈夫，還是無比甜蜜幸福的，不才可以作證。

三

中國歷史有「分久必合，合久必分」之說。潮汕的行政區域也不斷地在變動，光這幾十年間就不斷地在分分合合。如今潮汕的概念已一分為四：汕頭、潮州、揭陽、汕尾。雖然因為人為的因素，幾個城市間存在著爭當粵東中心的矛盾。但血脈相連，不管怎麼，一個潮字誰都繞不開。其實，潮汕是一個整體的概念，無關乎區域的分分合合。君不見，漂泊海外的潮人，不分縣份全都集結到潮州會館的旗幟。一聲「王金龍命中不幸」的潮音，就把眾多海外潮人的心繫住了。

曾聽過一位海外潮人說，他流落海外，就憑著工夫茶的濃香尋找到了鄉親。在世界的許多國家，在國內的許多城市，幾乎都有潮州（汕）商會，這是維繫眾多潮人感情的家。各地的潮州（汕）商會，每年都匯集到某一座城市，敦睦鄉情，尋找商機。商會其實是會館的延伸，溫馨、溫暖、溫煦。

據說在外國異地人們很忌憚潮人，因為一句潮州話，就把原本陌生的潮人拉到了一塊兒，扭成了一股繩，集體的團結所產生的力量，何其巨大。古人說，「兄弟同心，其利斷金。」這一思想落到了潮人的行動上，得到了徹頭徹尾的貫徹。潮人在外面的成功，這雖不是唯一的原因，卻也無疑是很重要的原因。

　　動物界中，稱王稱霸的是虎是獅，幾乎是威風八面，許多動物避之唯恐不及。然而只有狼，團結起來的群狼，才敢與獅虎抗衡，甚至打敗獅虎。團結起來的潮人，其實就是所向披靡的群狼。不久前，一本《狼圖騰》的書，公開地弘揚了這種狼的精神，引發了爭議。這也難怪，在傳統意義上，無論國外的狼外婆，還是國內的中山狼，都形象欠佳。把狼當作圖騰來崇拜是需要勇氣的。我們倡奉恕道，秉承善良，但也希望有時能夠如狼般地勇鷙。

　　然而，令人驚詫的是，在本土上的潮人，卻又是另外的一種情形。缺乏團結精神的一盤散沙，這且不說，嚴重的則是無休無止間的內耗。如上所言，潮汕已一分為四了，而且由於聰明反遭聰明之誤，在經濟上大大落後了。本來奮起直追，是明智之舉。這大家也在口頭上呼得震天價地響，可是實際上呢，誰都在爭老大，你說我歷史悠久，我是粵東門戶；我道我後來居上，合該成為中心。其實，大家各有優勢，汕頭商埠，萬國旗飄；潮州古典，餘音嫋繞；揭陽蘊藉，底蘊深厚。至於經濟也不過五十一百步，爭來爭去，最終無非兩敗俱傷，何苦來哉！

　　潮汕潮汕其實難以分割，你有你的優勢，我有我的長處，歷史上是一體，今天與未來，亦必如是。潮人潮劇潮菜潮繡，潮也即汕，汕亦即潮，取長補短，大家得益；強分彼此，自傷唇齒，自毀肌膚，愚不可及。

　　曾經寫過《南中國紀實》的王志綱，走南闖北，什麼沒有看過？可是卻對潮汕捉摸不透。他慨歎說：「汕頭深似海！」他所謂的汕頭，實際應該理解為潮汕。

如海是夠形象的。海給人納百川，浩淼無邊的感覺，也給人平靜的印象。然而這只是一面，它還有震怒的時候，巨浪滔滔，兼天沟湧，甚至遮天蔽日，這就是颱風與海嘯的剎那。潮人溫文爾雅的外表，包裹著的也有彪悍的性格、冒險的精神，否則你就很難想像他們漂洋過海的永往直前。上世紀初，有一個文人，人稱「性博士」的張競生，是我國談性的第一人，他就是潮人；把大江南北攪得沸沸揚揚的那位翁帆，也是潮人。敢為天下先，敢冒大不韙，勇氣何其壯哉！潮人潮人，秉潮而生，又會不時地掀起滔天巨潮，令天下為之失色。

四

常常聽到這麼的話：「有海水的地方就有潮人」，這似乎證明潮人身上有著很濃郁的漂泊的性格，說他們是中國的「吉卜賽」，應該有幾分準確。這當然有傳統的原因。許多潮人都樂於追敘歷史。那不僅僅是尋根，其實這是蘸滿了辛酸血淚的移民的歷史。有專家考證，秦晉唐宋，是兩大移民高潮。先民們搬著祖宗的牌位，或者撮一小捧土，扶老攜幼就遠行了。先福建，沿海至潮汕、海南，復於明清及爾後，更遷徙至東南亞，歐美澳洲非洲，足跡遍及世界。然而，漂泊總是因為有不得已的苦衷。離開故土的先民，我們可以猜想，是如何的一步三回頭，視前路茫茫，危險如待機而噬的猛獸，倘不是因為走投無路的逼迫，很難想像他們會下這種破釜沉舟的決心。當然，移民還有戍邊、謫遷、遊宦之類。本土的原住民有沒有

呢？這可是百越之地，他們哪裡去了？總不會像空氣，蛛絲馬跡讓人隱約中可以推測，多半與漢族「咸與維新」。這很有可能，看著今天國人日益西化的趨勢，或者正是兩三千年前百越人所面臨的抉擇——這樣發展的結果是消滅了百越人。遺風經歷了歲月的淘洗，居然還有根深蒂固存下來的，如對蛇的祭祀，謂「龍尾爺」；如多神的崇拜，這都不免令初來者有一種近巫的神秘感。

說到潮人的漂泊性格，有一個例子很能說明。在中國東西南北，幾乎沒有找不到潮人蹤跡的城市。甚至不少邊鄙之區，如新疆西藏也可見到潮人的身姿。走南闖北經貿、打工已成了潮人除讀書之外的另一選擇。當然不乏因此成功的，如李嘉誠闖天下時，還是一個嘴上無毛的稚嫩少年。十六七歲時的形象，當然不像十幾年後已是超億身家的大富豪那麼氣派。想來應該如一般的潮汕少年，瘦弱，或者清秀，但眼睛滴溜溜轉動著機靈。從一個普通的農家少年，短短的時間就成了億萬富豪，這好像神話的故事，刺激著成千上萬的喜歡幻想和冒險的潮汕後生。

有一個說法為很多潮人所首肯，那就是潮人出外是條龍，在家是條蟲。蟲與龍，本天淵之別，卻能互為轉化，亦令人匪夷所思。不過，你別不信，還真有那麼回事兒呢。細思也有些原因，畢竟本地就那麼一畝三分土地，哪能施展得開腳手？不磕磕碰碰才怪。何況，誰也不服誰，較勁的內耗所花費的時間已近九成，還有時間精力工作嗎？此外，潮人是最善於利用關係的族群。這不能說完全不好，恰當利用關係，可達事半功倍的效果。但太過了，一切都唯關係，就會壓抑人的創造性和爆發力，使人滋生惰性，為世俗與習慣

所左右，就容易滿足，不思進取，終至一事無成。所謂「成亦蕭何，敗也蕭何」，是聰明反為聰明誤的典型例子。

反倒是漂泊異地者，置身於一種陌生環境，可以攀援的力全都沒有，彷彿置之死地的漢軍，焉能不背水一戰，奮力向前。這時，身上會爆發出一種最大，甚至超越了身體侷限的能量，於是，成功的曙光就在望了。

說到這兒，有必要對關係的問題囉唆幾句。關係是好東西，用之恰當，往往有益，這一點潮人最是清楚，於是，潮州（汕）商會就遍佈世界，這也無非達到一種攀援、依倚的目的。然而，關係只可巧借，成功的決定性因素還是在自己。

雖說潮人具漂泊性格，也不怕四海為家，但根的意識卻十分濃郁。許多在外的潮人總要帶自己的後代回來尋根。因故不能回來，臨終時總千叮嚀萬囑咐地希望，兒孫們不要忘了家鄉，一定要回來看看祖宗的墳山。

在潮汕歷史文化中心，收藏著一種奇特的東西——僑批，有些像信封，上面有寄達國內（潮汕）的地址，幾句簡單的話，但主要是寫明所寄的錢的數目。這是潮汕獨有的，來自世界各國，尤其是東南亞的匯款單。即使在動盪年月也從不間斷，它維繫著海內外潮人之心，也是海外潮人不忘根本的活化石似的見證。

在潮汕的許多鄉村，我看到幾乎所有的家庭門楣上，總有一個個金字牌匾：「九牧世家」、「穎川故家」……初時不懂，後來才知道，原來這都是對根的溯源：不忘祖宗，不忘故鄉的意思。一個喜歡漂泊的族群，身上居然有如此濃郁的對根的執著。這多少有些令人意外，其實這正是一種多麼讓人感動的高尚的品格。

五

　　潮人給人的印象，最突出的是一個精字。精明、精細、精緻。這或許與所在的潮汕平原的人多地少，很有關係。因此，幾分的田畦，就收拾得如繡花般的精細，遠遠望去，一行行，青黃紫白，如一幅圖畫。潮人的精細還體現在巧妙的匠心上。房屋不大，卻精雕細琢；或者在裝飾上逞現奇巧。潮繡中的抽紗，是姑娘們用一雙靈巧之手，借助一枚勾針，勾織而成，那立體感特強的剔透玲瓏，豈止巧奪天工而已。還有美輪美奐的金漆木雕、彩繪陶瓷，無不在精上花工夫。

　　說到精明，在經商上有一個例子可證明。這雖是聽來的故事，卻很能代表潮人之精明。說是有潮人闖上海覓商機，從上海人司空見慣中發現了發財的機會。其時上海正處於大建設階段，到處是工地，他們的習慣是圍上牆。而潮人則說服當事者讓其承租。承租後則破牆建臨時商鋪並出租，幾年工夫居然獲利甚豐。從別人熟視無睹，或不易注意中挖掘商機，這正是潮商經營之訣竅。

　　潮汕有很多東西，包括著名的小吃，如蠔烙、牛肉丸，都是潮人從別處拿來，並進一步精緻的。在陳慈黌故居，筆者就驚詫地發現，近百年前，它就已巧妙地用上了西洋的瓷磚，並使它極諧和地相容於傳統之中。歷經歲月的風霜，如今依然風采照人。而蠔烙的源頭是閩南的蠔仔煎，牛肉丸來自客家。但經過精緻後的，就青出於藍而勝於藍了，成了有口皆碑的潮汕名吃；再如工夫茶，雖沒有

考證，但從閩南工夫茶來推測，兩者間不乏傳承關係。只是閩南工夫茶，杯大，沖泡的工夫仍嫌粗疏，怎比得上潮汕工夫？至於潮菜更是始終變動不居，總不時地推新出奇。與它處相比，其精緻也是有目共睹的。不但菜肴上，有不少粗菜精做後成為上席佳餚，——如護國菜，其原料是番薯葉，但經過搭配，妙烹，就成了名菜；還有普寧的油炸豆干、糕燒番薯芋（美名曰金玉滿堂），很普通的家常菜肴，精緻之後，也堂而皇之地列進宴會的菜譜，與燕窩魚翅們並列。而且在程式上，包括各種種類繁多的醬碟，都一絲不苟，安排得面面俱到，令人無懈可擊。最妙的是，席間不時的工夫茶的點綴，鬆緊有致；而最令人回味無窮的，卻是最後的那一碗白粥鹹菜。白粥鹹菜原本極尋常之物，卻因此前的山珍海味而脫穎而出，成了宴席上的最佳妙品。最是尋常最奇崛，還有誰比潮人更具哲學家的頭腦。

精緻很好，但一到了過分的精緻，就有些變味兒了。容易讓人劃地為牢，精於算計。對每一件事，都首先考慮利害得失。因此，辦事喜歡擦邊球，所謂「黃燈趕緊走，紅燈繞著走」，很少有樂意規規矩矩按部就班的。這體現在經濟上，就是更多的為眼前的利益所誘惑，而不計及長遠，重貿易而輕實業。文學也偏嗜輕巧，一首小詩、幾篇散文，趕快發表，於願足矣；沉潛下來，嘔心瀝血地創作，甚至把命搭上的極少。這說得好是心態平和，其實不過一種偷懶取巧的籍口。難怪，潮人的文學，巧妙有之，卻缺乏大氣之作。

散文小詩，也並非不能寫出大氣之作，文天祥兩句「人生自古誰無死，留取丹心照汗青」，就流傳千古。大氣不是寫出來的，是心中自有一股浩然之氣，賦之於文，就浩乎淵哉。

　　浩然之氣，不是天生的，多半靠後天的養，古人不是說過，「吾善養浩然之氣。」眼界盡可能放寬，登名山，覽大川，使自己的胸襟開闊。但有的人走了不少地方，到頭來下筆為文，依然那麼一副小家子氣。為什麼？無非是拋不開自己的那點私的東西，比如名之類，結果顧忌必多，往往也就捉襟見肘了。

　　扯遠了，還是回到本題。潮人的精，會使自己偏於保守，急功近利。這從幾個潮汕城市的建設可窺一斑。最明顯的，道路少有考慮及五至十年之後的，於是路剛建成就已功能殘缺了。還有車行天橋道，本為疏散交通的，可是在汕頭，偏自以為聰明的，於其下設了商鋪，成了全國獨一無二的奇特景觀。

<h2 style="text-align:center">六</h2>

　　寫到這兒，原該住筆了。可是考慮到平衡勻稱，就多說幾句，湊成一段，以為結尾。

　　筆者曾在潮汕幾個市跑過，一樣的感覺是亂，亂烘烘的，好像十分無序。倘有外地客來，往往驚出一身的臭汗來，但視潮人卻亂雲飛度仍從容，如游於海之魚，優哉優哉。因為潮人更善於無序中覓有序，這就叫做「蛇有蛇路，鼠有鼠道」。這其實是農耕文明的孑遺。許多人忽然一夜間，就由農民成了市民，一時間頭腦怎麼轉得過彎兒。許多習慣了的自由散漫，就都很不適時地在城市裏彌漫。

　　潮人雖喜歡闖蕩天下，偏有阿 Q 之風，瞧不起別的地方，說起來總是自家的城市最好：住好、吃好、空氣亦好。這也難怪潮人

自負，佔據了一方風水寶地，陽光充足，雨量充沛，氣候宜人，加上城市不大不小，生活起來也夠方便的。比方說，夜裏想吃夜宵，別說北方，就是廣州也沒有這裏方便。因為隨便的大街小巷，就有各種美味佳餚向你招手。你穿著拖鞋，施施然，儼然一副晉人的瀟灑，噢，忘了說明，就在五六十年前，如作家蕭乾《夢之谷》筆下的時代，這地方可還是屐聲咯咯的。如果時光倒流，還是「裙屐翩翩似晉人」，那就更加寫意了。

關於父親及父親時代的回憶

一

我驚詫於自己的善忘，在沒有父親的世界裏，已經生活了十多年。父親於我已漸行漸遠，留存的東西，除了一張相片已基本沒有了。一個人在這世界生存了六十多年，居然被消滅得這麼乾淨。有時我真有一份動魄驚心。

一個人死了，很快的肉體也不存在。我們常常說他或她走進了歷史，已經不朽了。其實那是指偉大的人物，眾多的如你我的平頭百姓，不管生前如何風光，甚至為愛情死去活來、轟轟烈烈，結果多半是聲與名俱滅。即使親人，維持更長時間的記憶之後，也會漸漸淡忘，譬如父親，雖則僅僅十幾年時間，但塵世擾攘，活著艱難，日日在柴米油鹽中載沉載浮的我們，於他也就恍如前塵影像，且淡得幾乎模糊。

然而真的如此嗎？也不盡然。父親的烙印已鮮明地存在於我的身上。某日，偶爾碰到一位老者，叫住我，問道：「你父親是不是某某？」

得到肯定的回答後，他喃喃著：「真像，真像！」是不是真像呢？我曾對照父親的相片，也不見得，但這位陌生的父執卻能一眼就看出來，這也多少證明了我們之間所存在的某些聯繫，或者這就是所謂的血緣？父親其實一刻也沒有離開我，默默地陪伴著我的人生，奇怪的是，在此之前，我竟然一無所知。

當然，熟知父親的那一輩人逐漸淡進了歷史，能夠說出我與父親關係的人，不多了，或許不久的將來，除了自己，也就幾個兄弟姐妹而已。儘管不樂意，我們也都邁進了人生之秋，是父親當年給我們留下清晰記憶的年齡。那陣子，父親正忙亂，好像待在幹校裏，一年也不過回來一天半天，連春節這樣原本應該熱熱鬧鬧的日子，也在一種冠冕堂皇的口號下，給沖得淡淡的。記得有一年，父母親都不在，在各自的單位過「革命化春節」，我們幾個小孩就在年邁的外婆照看下，過了一個冷清清的春節。那時年齡小，卻也有一種淒涼的酸酸的滋味，一直蔓延到了今天，在我這已是中年的心泛著酸澀。還有一次，上夜班的母親被人送了回來，——工傷，我們手足無措，只有嚶嚶而哭，但父親也沒能請假回來，剛強的母親只能把淚水獨自吞咽……

記憶裏不僅僅只是苦澀，也有亮色的歡樂，是父親從幹校回來後被驅趕到工廠的那幾年，這也是忙碌的父親一生中難得的空閒。當然空閒也只是相對的，那年月，哪裡有什麼真正的閒？記得是冬季的夜晚，北風在窗外起勁兒地喧嘩，屋裏，我們卻席地而坐，紅泥小火爐地烹工夫茶，不是什麼好茶，濃濃澀澀的，我們卻其樂無窮。父親邊沖著茶邊給我講著《西遊記》，孫猴兒龍宮取金箍棒、大鬧天宮、西天路上降妖降魔，奇妙，曲折，跌宕的故事，一點一

滴滋潤著我少年的心，這與後來的外婆的潮州歌冊，一道成了播種在我心中的文學的種子，只等候未來的時代的風霜雨露的催化，而茁壯成長。

很感謝老天，給了忙碌的父親這一短暫的空閒時光，使我與父親有了親近的機會，於他於我應該算是一段難得而美好的歡樂時光。我的嗜茶的習慣就這麼養成，然而，現在的茶雖然比那時好多了，卻怎麼也品味不出那種無限的韻味，因為我已失去了陪我講故事的我的父親了。

二

父親這一代人，可以說是理想主義者，篤信一種主義，懷揣一個偉大的目標，結果多有天真之處。如對他們所認定的理想，從來都是不疑，這不疑就有些盲目的迷信，包括對某一位時代偉人，幾乎不容許任何的褻瀆與懷疑。一旦被利用，這種基於天真的力量就支撐起了他們的人生天平。這種主義所燃燒起來的火焰，即使溫情脈脈的親情，如果成了障礙，也會毫不留情地被燔炙成犧牲的灰燼。

對於這代人的革命動機，應該是不能夠懷疑的，尤其如父親，家道雖已中落，稀粥仍是有得吃的；初中畢業，在農村已是知識分子了，何況已充當一名教師先生，完全有理由選擇安穩的生活。但在一種為人類求解放的激情驅使下，他走進了革命的行列，粗衣糲食，甚至冒著生命危險，那時他才十七八歲，在如今這和平歲月，這還是父母疼愛都疼愛不過來的年齡。

這份激情，對於父親竟然是珍藏了一輩子，晚年時不經意中還常常談到。他為自己的選擇無悔，當然不是為了逃離自己的故土——那時的城鄉的差距並沒有今天這麼大，也絕不是為了謀一個官當（誰能預知）。因此這份激情就顯得十分珍貴，是一種對理想的追求，即在今天這理想匱乏的年代，那激情燃燒的歲月也是多麼絢麗的。

我至今仍然驚詫於父親對革命事業的熱情和忠誠，按說，不應該是這樣的，物質上的享受幾乎屬於苦行僧式的，難得的娛樂也不過隔一月兩月到電影院去看一場電影。這已是盛典了，得早早地準備，穿好衣服，在電影院的大堂上等候一兩個鐘頭，然後剪票進門。看的其實不過《賣花姑娘》，或《紅燈記》之類樣板戲，照例片前會加映一段紀錄片，是毛澤東會見誰誰誰之類。看什麼電影如今已沒多大的意義了，只是那觀影前的等候時刻是多麼的激動人心，那一掛黑面紅底的厚厚的帷幕，隱藏著一份動人的喜悅，混著幸福與不安的惴惴，使我們年少的心不停地跳動著，這份心情一直陪伴著我成長，現在卻已隨著歲月的流逝與感情的日漸粗糙而悄然隱退。想起父母都已不在這個世界上，心情就益發地悵惘。

父親並不屬於有先知先覺者，他像其他的人一樣被層出不窮的運動裏夾著，但他心地善良，不害人，更不善於踩著別人往上爬，在力所能及的情況下，還保護過一些人。譬如在工廠時，他就實事求是地為某些受冤枉者落實政策。廠裏一位會中醫的老工人，因為感激，一直到後來都隔一段時間就來我家，順便為我們號脈；還有一個老司機，一直到父親離開企業很長時間了，仍然在每次我家需要用車時，就早早地把車開過來。父親與這些工人的友誼，一直保

持到了人生的最後，對於他來說，這是一份純真的，能經受得住時間考驗的友誼。對待受冤屈的同志，他也盡力幫助，有一位解放初被清理回鄉的老同志，上世紀八十年代後，多次找父親為其作證明和申訴，父親總樂於玉成，實事求是地為他提供證明……

做這些事時，父親總是不吭一聲，事後也從不為家人道及，是我們事後從有關當事人哪兒聽來的。

父親雖有一定的職務，卻最是平易近人，不管什麼人，只要是正直的，他都樂於交往。回想起來，似乎很少對我們耳提面命過，卻以自己的品格和言行，對我們潛移默化。我們雖然不見得有大出色，起碼我們的心是善良的，道德無虧。

三

我至今仍然後悔自己對父親歷史的無知，似乎更多的忙於自己的瑣事，沒有及時從他那裏掏出些什麼。不錯，父親是時代大潮裏的小人物，而且更多的選擇了平庸，缺乏抗爭的勇氣，獨立的思想，把自己定位於馴服工具的位置上。我試圖對此做些探究，是什麼使他們丟失掉了思想，單純的恐懼的解釋恐怕遠遠不夠，因為其中也不乏熱情的主動選擇，好像一種貌似正義的革命理念使他們盲從，這絕對不僅僅是輕信，是一種對理想的羅曼蒂克，把某一個人當作了理想的化身來崇拜，以其是非為是非。這有些荒謬，但絕對真實，以我們今天來透視過去，某些輕薄少年會覺得可笑，事實呢，即使今天的我們，不亦存在著若干的盲從式的迷信，我們有什麼理由說

三道四呢？想想自己，也算趕上了那個時代，少年歲月最大的幸福的追求，不是別的，是有一天能夠晉京接受神般偉大的毛澤東的接見。這是我們心中最大的願望，很神聖，絲毫不遜於藏傳佛教的朝山、穆斯林教徒的麥加朝聖。把革命演化成了宗教，今天看來是當時的悲哀，但那份虔誠卻是晶瑩透明般純潔的。因此，每當人們對那場假革命之名表演人類兇殘的浩劫慷慨陳辭，並把它完全歸於某個人，或幾個人時，我總持一種保留，因為我們所有的人，譬如父親那樣正直善良的好人，其實也成了幫兇，不能避免地在一種錯誤的政策引導下，做了一些違心的事。

為什麼會這樣？歸咎某個人的撻伐，並不公正和理性，值得反思的是我們整個民族。可惜，今天荒淫式的嬉戲，把嚴肅的思考庸俗化、娛樂化了，除了少數人，痛定思痛之外，更多的人，缺乏一種對歷史高度負責的認真的反思態度，過分現實的思想成了主流，彷彿過去的與今天截然分屬兩個不同時空，互不糾葛。然而，事實恐怕不是如此，所謂的過去現在不過人們為了闡述的便利而劃分的，過去與現實不但一脈相承，也往往糾纏在一起。今天我們不是也常常可以看到歷史的幽靈在閃爍？即便在今天某些時尚人士的文章裏，屬於歷史的「文革式的語言」，也時時可以碰到。人性裏的兇殘的惡，也時有所見，甚而至於變本加厲，例如從前的盜賊謀的只是錢財，今天的歹徒則不但謀財更在謀命，彷彿非見血腥的鮮血就不足渲泄其仇恨的快感的。

父親──包括其他同時代人──的煙消雲散，好像是如此徹底，幾乎不留任何的痕跡。我曾經想過溯著父親的足跡去尋覓他們的歷史，但最後放棄了，因為毫無意義，幾十年的時間，即使不長，

於人世也早滄海桑田，父親連同他的那個時代通通遁入了歷史的煙塵，成了從前的月色。不過，是不是真的如此呢？恐怕未必，有許多的蘭因絮果常常直到今天仍糾纏著我們，比如傳統的中斷，道德水準的下降，等等，等等。但這似乎是父親那一代人所始料不及的。他們砸爛孔家店，在偉大領袖揮手之下，去破除一切封資修，應該是虔誠的，而且堅信只有這樣，社會才可能更加的美好。因此，他們的一切行動可以說都是出自於良好的願望的。那時，我畢竟已不是不解世事的稚童了，是介於少年青年之間，父輩的豪情多少些有些體會。不錯，其時的物質的享受幾乎不值一提，父親也就長期抽一種二角七八分錢的「豐收」牌香煙，喝一種六分錢一泡的茶，魚肉之類憑票購買，還得趕著去排隊，但一點不影響情緒，抱怨的情緒幾乎看不見，大家都活在一種理想主義的氛圍裏。

對於所為之奮鬥的事業，父親們是無限虔誠的，什麼信仰危機壓根兒沒有，一輩子相信和服從組織，從不懷疑。在他們身上說全無私心雖不實際，但應該是很少很少的。譬如父親在對待子女的工作上就全不跟心，什麼工作，只要是黨的工作，就得認真幹好。這種思想到了後來的市場經濟時期，當然就大大地落伍，所以晚年的時候，面對外面日益紛紜的變化，他就備感落寞了，加上身體不夠好，就更加的足不出戶了，成天就呆在家裏讀讀書。

他活到了上世紀九十年代，對於政策的由封閉向開放轉變，好與壞應該有些比較和體會，但他沒有說出，也沒有留下文字，長期養成的組織紀律性，制約了他一輩子。其實，對於時事他是關注的，那年的「六四」風波，蘇聯瓦解，他天天戴著眼鏡，以前所未有的熱情予以關注。看得出他的心情是複雜的，尤其是蘇聯的一夜之間

的不復存在，對他的打擊是沉重的。畢竟於他們這一代，蘇聯曾喚起過他們美麗的回憶，保爾們的精神曾是激勵他們前進的力量。

這之後，父親的精神明顯地不濟了，或許有些困惑，有些失落，不時地就呆呆地坐著，半聲不吭。從這時開始，他的身體每況愈下，開始頻繁地出入醫院，在與身體裏的敵人——病魔做鬥爭一兩年後，他離開人世了。屬於他們的時代畢竟過去了。

四

我喜歡文學，他並沒有像同代人那樣害怕，或加以干預，反倒表現出了寬容，甚至支持。他希望我能夠有丁點出色，當終於有一天，我的一篇小文字登上《汕頭特區報》時，我忽然發現他戴著眼鏡很仔細地讀著，一遍兩遍……嘴角竟悄然地綻放著笑容。其時，他的身體已不甚好了，但子女的成績，還是讓他渾忘了病痛。

後來，我終於沒有靠他，而是憑著自己的努力，考進了報社，從事我所喜歡的文字工作。他明顯感到了欣慰，心中的負疚感也逐漸地消失了。

父親的身體本來就不是特別強健，年青時到東北因感冒而落下的慢性支氣管炎折磨了他一輩子，但除了晚年那幾年，他從沒有休息過。每次暮色沉沉中，一聽到遠遠的咳嗽聲，我們就知道父親回來了，急忙一路歡奔著迎過去。經常的，父親兜裏都會帶一點什麼好吃的，至今回憶似乎仍令我有口舌回味的餘甘呢。

父親年輕時，幾乎從不回家鄉去，這除了忙之外，我想還應該有另外的原因，或許害怕一份牽掛，更或許是一種近鄉情怯。祖母活著時，每月他總會寄回幾個錢去，而家鄉弟兄們來，他雖不怎麼管，卻放任母親去熱情張羅。記得上世紀七十年代末，家鄉一堂兄考上大學，喜訊傳來，他趕忙寫信去鼓勵，並寄去一點錢，看得出對子侄們的出息，他是表現出了由衷的高興的。

但到了晚年，不戀家鄉的父親開始眷戀家鄉了，每年祖母生日，他都要帶我們回去。這時，他的工作壓力已不甚大，開始讓位給更年輕者。看得出，剛開始時他有些落寞，多少感到了失落。我知道他不是戀棧那個芝麻綠豆官，是因為突然的空閒使他有些不習慣。好在很快就適應了，畢竟在他心眼裏組織的觀念始終高於一切。我從沒聽到他對此有過半聲微辭，有時當我們忍不住不滿地嘀咕幾句時，還受到他嚴厲的批評。

這時祖母已七十多歲了，除了滿頭白髮，滿臉皺紋，顯得特別蒼老外，還精神恍惚，已不大認得清人了。很顯然，父親為自己的長期未能盡孝，感到深深的負疚，因此，每回回歸家鄉，他總是設法多住些日子。雖不能交流，他也總是在老屋裏多陪陪祖母，常常是面對面，默默地一坐就大半天。祖母活到了七十八歲，在那年月也算高壽，她應該無憾，因為晚年有父親的隨侍。

祖母去世後，父親多次流露出回家鄉，在山林裏搭一間茅舍，閒適地生活的念頭。我知道他這是對祖母負疚的表現，他總覺得未能對祖母盡孝，想仿效古人之結廬墓前，只是沒有明說出來。這當然不可能，但有一天，父親終於提出要回家鄉住一些時日，那時好

像住了近一個月，聽說每天都想吃很普通的家鄉小吃，在侄子侄女中留下了十分清晰的印象。他或者是藉此來排解他對祖母的思念。

五

父親終於在走完人生之路後，靜靜地安臥在故鄉的青山綠水間。他累了，轉了一圈又回到他人生的起點。

因為父親的緣故，我每年都要回故鄉去一趟。父親的家鄉，成了我的故鄉，始終有一根看不見的線，維繫著我，無論我走到天涯海角。我的兒女是否如此？我想無論如何總歸是擺脫不掉的，一個沒有根繫系的人，只如輕浮的飄絮，隨處飄揚，這樣的人生是悲哀的。曾聽一文友說，已居住臺灣三百年了的楊姓人，七兜八轉虔誠地奉送其歷代祖先之牌位，回到了故鄉達濠的楊氏宗祠，認祖歸根。三百年滄桑，十幾代人了，可是那份對根眷眷的感情依然如此濃烈如酒。他們積聚了三百年的淚水，令在場者無不愴然。這就是我們中國人根的意識，即使歲月無情，時序更迭，山移水改，但這份濃烈如酒的感情，相信總會是始終不渝的。

我之最先回故鄉，當然是跟隨著父母親。此前根本就沒什麼印象，我出生和生長，都在離故鄉幾十公里外的一座日漸繁華的城市，只是由於幾個常來走動的親戚，才知道在某一地方還有一個所謂的故鄉存在。記得初次回故鄉是坐小火輪到縣城，再轉搭單車，但那時太小了，什麼印象也沒有留下。後來路通了，坐車，卻也崎嶇不平，要花三幾個鐘頭的跋涉。現在交通便利，從所住的城市到

故鄉，時間不過一小時左右，如此可見，我與故鄉，與父親的出生地，是近在咫尺的；可憐這點點距離，竟阻滯了父親回家的腳步長達二十多年，也疏離了我與我的故鄉。

故鄉很古老，曾見過記載，建寨最遲也在元代，蕃衍人口眾多，由東中西三部分組成，聯結周圍小寨若干，成三萬多人的大鎮。出過不少人物，過去出過武狀元，解放後也有官至廳級的。農村三五成墟，這兒卻整天有市。國道從鎮旁經過，是去梅縣、江西必經之地，距離縣城也不過十幾分鐘，實是一繁華之區。但也曾蕭條過，是那種特殊的年代，從我有印象開始，就見證了它的變化。每一次回故鄉，它都給了我驚喜。當然變化最大的是近些年，縣城成了新市，連帶著也給它帶來了蓬勃的生機，鐵路通了，高速路通了，一幢幢新樓房建起來了。故鄉人不再滿足那一畝三分地，把足跡印到了廣州、深圳，及其它珠三角城市。可惜，這都是父親來不及見到的景象。不過，當時他選擇回家鄉住一段時間，我相信不僅僅是一種對往昔的緬懷，應該還有一份對家鄉拳拳之心。記得上世紀八十年代初，家鄉要建新學校，曾發函請求資助，父親那時的工資不過六七十元，卻毫不猶豫地掏錢資助，這其中的拳拳之心不是已明晰可鑒。說來慚愧，當時我還很不理解呢。

每年的冬季，總有這麼一天，不管天南地北，我們都會相約著回到故鄉來，回到父親的身旁。父親默默的，他的軀體已融化於故鄉的山山水水，他在我們的心中樹起了一塊永遠的心碑。

隨想

小引

　　本來想把題目定為「偶思」，這雖不見如何空靈，到底比「隨想」好些。但終於還是決定用了「隨想」，這當然不是因為巴金那震撼人心的《隨想錄》之故。有以下之考慮：其一隨想，就有些近乎胡言亂語，不必當作真正的文章來寫，而這正是我所最感到頭疼的，無論他人還是自己，總是怕正兒八經，令人不得不正襟危坐的高頭講章；其二呢，隨想在我的理解上就有隨意的成分，而隨意一向正是我欣賞文章的最高境界。記得知堂老人在俞平伯氏之《燕知草跋》中說過：文章「必須有澀味與簡單味，這才耐讀。」這好像有些故意造出來的樣子，與隨意正相反。其實呢，不是這樣的。知堂老人強調說：「我說雅，這只是說自然，大方的風度，並不要禁忌什麼字句，或者裝出鄉紳的架子。」這就正與我所說的隨意契合。

　　如此一來，這所謂隨想豈非漫無邊兒呢？我是這麼希望，事實不可能。因為總歸離不開我這個具體的人。我的所歷所思，並且自

26

我覺得有些意思，就想談一談。或者這只限於個人上的價值，對於別人一點兒都沒用處，可是這也顧不得了。

其實檢點平生，正應上了那一句古語謂「百無一用是書生」。走上舞文弄墨的路，本來就不怎麼了，記得清末詩人龔自珍說：「縱使文章驚海內，紙上蒼生而已。」他是寫過傳世詩作《己亥雜詩》的，有資格這麼說，幾分落寞中透出十分的自負。可是我不行，不但毫無成績，而且資質平庸，所以所歷及所思之平庸亦可想而知矣。

好在有兩點可以支援我：一者如古賢人所言知之為知之，斷不敢強不知為知也；二者猶有所思，深淺倒在其次。因為現在的世界，讀書者都不多了，更何言乎思？以上算是引語，下面轉入正文。

夢話

先說什麼呢？可說者真不少。千頭萬緒，只好決定由虛而始，就先說說夢。理由如下：一者常言道人生如夢，雖有些消極，但到終局好像沒有一個不這麼想的。試思之，一生歲月說長不長，也就幾十年光景，能夠到了百齡者已是鳳毛麟角，何況乎有一半還在睡夢之中，而即使清醒時，有時仍不免有如夢的感覺。二者逝者如夢，時間於我們一如春夢，瞬息已成歷史，所謂歷史，不過想在夢裏抓住一點什麼，實際呢，如聖人所言的：「逝者如斯夫。」就是抓到的雨絲風片，又有多少真實性呢。

因為病足，結果只好如古人所說的，「無聊才讀書。」日前讀知堂老人的《夏夜夢抄》，其中云，鄉下人說春夢如狗屁，不甚重

視；重視的是冬夢，尤其是冬至前一夜的夢。我呢，近幾年來不知怎麼，不管冬夏春秋，一著枕即夢得昏天黑地，有些清晰有些糊塗，好像居多都是如屁的春夢，徒增其惱耳。

雖說「至人無夢」，但幾乎沒有人能夠做到，即如說這話的莊子也不行，唐人李商隱有詩說：「莊生曉夢迷蝴蝶。」那就不僅僅夜晚，連白晝也夢了。據佛洛伊德們所分析，好像其中有什麼曖昧的或者性之類的作用。但通常的說法是，白天想什麼，晚上夢什麼。這有例可證，比如「黃粱」之類的〈枕中記〉、〈南柯太守傳〉，總是想著榮華富貴，結果換來的是後人所嘲的「螞蟻緣槐誇大國」的夢而已；但似乎也有夢而令人羨的，不但醒之後美滋滋的，而且先苦後甘，遂了願的。記得曾讀《聊齋志異》裏的〈畫壁〉，謂某書生偶遊佛寺，東壁有散花天女畫，內有一妙齡女子拈花微笑，一時神魂搖盪，已飄然入夢了，夢中之境自然遂心適意。這是令人覺得十分理想的夢；還有《牡丹亭》最後總算圓了好夢，落得個皆大歡喜的結局。不過這都是文學作品，也可看作文人的白晝之夢。

事實呢，就我的經驗，有時很想夢，譬如父母剛去世那陣，心中總希望做夢，多少有點唯心地想知道他們去之後的情況，知道有些傻，總還是十分的期待；可是一直落空。這就不免讓我感到悵惘。倒是不想夢的亂七八糟之類，卻經常有。依常人辦法，亂七八糟的自然當其如屁；好的夢，譬如〈枕中記〉之黃粱夢，就不但多多益善，更是希望夢永遠做下去。只是不如意者多，好夢易醒，甚而好夢者少。怎麼辦？於是民間就有夢反一說，謂夢中不好，驗證結果正相反，這是一種安慰，其實夢總無憑，好壞還不是一樣。不過人生實難，即使虛幻，我還是盼望常常邂逅到好的夢。

我不曉得其他動物如貓狗之類，有沒有夢，如果沒有就太不幸了。這反過來該慶幸人之有夢，雖然好夢者少，畢竟有，這就是希望。敝鄉有一座山曰蓮花山，其上有寺，每年清明前後，四鄉六里總有大批的男女老少上山祈夢，都是有所不足希冀夢中圓滿，就譬如白日裏受到欺侮，如《三言》裏某篇富翁家的牧童，就希望做夢把那不良東家夜夜鞭撻，於是心裏十分解恨，也就沒什麼怨的情緒，就好比阿 Q 之夢見革命。魯迅先生將這叫做「精神勝利法」，好像不大欣賞。其實呢，人沒有一點「精神勝利法」不行，有時連活下去的勇氣都沒有。

夢有時候還真的成了我們幻覺中的救命稻草，譬如當我們巴不得以現實當夢時。明張岱（宗子）《陶庵夢憶序》云，「昔有西陵腳夫為人擔酒，失足破其甕，念無以償，癡坐伫想曰，得是夢便好。」不佞也有過類似的情形，某日，細雨迷蒙，過一座天橋，恰好踩中落下而將成泥之木棉花，膝蓋撞擊水泥地面，結果腿骨折了——當時第一感覺居然是幻想「要是夢就好。」

很多的人倒是常把不堪回首種種視若「噩夢」，所以深受其苦者如巴金老人，便發出「不要再做夢！」的呼喊，那其實不是夢，是冷酷甚至殘酷的現實，但這已是夢之外的話題了，可以不贅。

感激

我做夢也想不到自己會以這種方式重住到醫院裏去，那種令我懼怕的感覺如浪般把我淹沒了。總是以為人最終都要到那長滿了野

百合花的地方，心中會十分坦然地去面對。其實並不，恐懼是與生俱來的。記得母親臨終前總不斷地絮叨著：「這回要死了，這回要死了。」好像有什麼預感，現在想來大約是一種對死的恐懼，她因為已經無能為力，就希望從我們的否定中獲取力量。

其實我的這回的病，不像近十年前那次危險，那是開膛破肚的手術，如今呢，不過在膝蓋處切開皮放進一根不鏽鋼絲，叫「內固定」，不說沒生命危險，在醫生眼裏簡直是不屑的小手術，可是這同樣讓我恐懼。手術時，因為打了麻醉，昏昏然倒也罷，但之前之後的熬煎是最痛苦的。當然也有區別：之前的壓力主要來於精神方面，簡單說就是害怕，不是不相信醫生，人一進醫院早就把醫生敬如神明了，理智上總是告誡自己，這是小手術，沒有什麼了不起的。但還是怕，表現出特別明顯的是，渾身篩糠似的發抖。這真丟臉，也顧不得了。事後想這怕不是怕死──因為沒有生命危險，怕的應該是那種肉體方面的痛苦，實際上，打了麻醉也不會感到肉體上的疼，可是還是要發抖，要害怕，自己就這麼可恥。至於之後的壓力當然來自肉體上的不適，只能平躺著，而且不能動彈，諸事的不能自主必須仰賴於人，還有對家人朋友的歉疚，這都是我心緒不寧的原因。

住院期間來探病的人不少，這是令我感激的，但這是下文的話題，暫時打住。只說來探病的幾乎都引用了孟子的話：「天將降大任於斯人，必先苦其心志，勞其筋骨⋯⋯」總之是有大發展者必得先苦後甘。這是善意的寬慰，雖然多少有哄的成分，也是該感激的。我倒是清醒，自己總不會傻到當真了吧。結果只好從張中行老處借來一方，曰：「安苦為道。」這就是當境已定，自己又力不能抗時，

只好隨遇而安，譬如當下胡思亂想，怨天尤人都是白費勁的，醫好腿才是重要的。不過，躺在床上，思想倒無法休息，那就只好想了。思忖結果，這病包括以前那場也不是沒有一點好處：其一就是讓我學會了放棄。人總是要爭的，因為有種種的欲，有時明知到頭來是一場空，也還要爭，或者這就是所謂「人在江湖，身不由己。」不想爭既不可能，因為人活著總還應該做一點事，但病之後起碼使我學會了放棄。所謂放棄，其實就是選擇，集中力量做好一件事，對自己是有意義的。其二是使我感受到了溫情，病是苦的，寂寞的，但親情友情可以慰藉。首先是家人，她要經受心理與肉體雙重的折磨，要籌足醫病的款（住醫院這才知道什麼可以沒有，就是不能沒有錢），還要護理我這個病人，有時還要強作歡顏地接納包容我的因煩躁而生的無理取鬧。

十歲左右的兒子，正處於叛逆期，常常與我頂嘴，這次我斷腿，竟纏著來醫院看我。雖然幫助不大，但這份濃濃的親情卻熱燙燙地炙著我。還有其他的親人，送來錢之外，更丟下自己的事，趕來幫忙，都很使我激動。難得的是同事、朋友、文友，一聽知都紛紛帶著水果，有的是慰問金趕來看望，我曾開玩笑說：「我這都可開水果店了。」有的長者也不時打電話來關心。尤令我難以忘懷的是，我平素十分敬重的鄞兄，即將赴北京公幹了，忙碌中還不忘抽時間漏夜趕來探望。說到鄞兄，值得囉嗦幾句，這是一位一心為人的熱心人。記得上次住院，是他幫著聯繫病床及主刀醫生，大年除夕夜在家家團圓時，怕我寂寞，還給我帶來一盆花，令病中的我分享得春天的芬芳；另一位年長於我的文友侯君，則幾乎天天跑來「報告」，而且不止於此進而更主動要求來陪夜。當我出院時，正在為

如何上得八樓的家發愁，一位身強力壯的朋友自告奮勇，把我背了上去，那是近兩百級的陡峭的樓梯。俗話說：「患難見深情」，這沉甸甸的溫情，在我心裏化作滾燙的熱流。

山東的阿瀅、于曉明，西安的文泉清，安徽蕪湖的許進等書友，都從未蒙面，也從天南地北，或打電話，或發短訊，或寄明信片來表示關心。其中許進兄在明信片上說：「在天涯讀帖（阿瀅的）說您不慎腿部骨折住院治療……我們《書香》同仁特附郵片前來問候，並祝仁兄早日康復。念念！」阿瀅把我跌斷腿的資訊發在天涯網站上，招惹來更多的書友表達了關切之情。

我不是什麼大人物，只是很平庸的一個人，可是卻感受到如此盛大的溫煦之情，我很感動，但更多的是慚愧。

獨善

記得讀魯迅翁詩句：「運交華蓋欲何之，未敢翻身已碰頭。」其中固有自嘲意味，恐也不乏無奈之處。

人生實難，表現為坎坷，表現為生老病死，無論那種宗教都視為苦。我的這回之折腿，從具體的情況看，是偶然的，似乎可歸結為運交華蓋；但從整個人生看又可能是誰也回避不了的宿命，不是患此災或者就會罹彼難。因此如釋家就倡導一種自救乃至他救的博大思想，在《佈施度無極經》中有云：「眾生擾擾，其苦無量，吾當為地。為旱作潤，為濕作筏，饑食渴漿，寒衣熱涼。為病作醫，為冥作光。若在濁世顛倒之時，吾當於中作佛，度彼眾生矣。」可

惜我天機淺，景仰而不能行，充其量亦不過儒家的，「達則兼善天下，窮則獨善其身。」因此，於宗教我也只是抱著敬畏之心而已，不過這卻已很難得了，即如今人有些敢於胡作非為，其實正是缺乏這種敬畏之心。

科學之發展推進了唯物論，許多人都相信生命只有一次，結果就挖空心思地想如何使這只有一次的生命活得更加的豐富多彩。這並無可厚非。只是「大道多歧」，在選擇上就有不同。理想主義者敢於為理想拋頭顱灑熱血，物質上的享受可以忽略，因為連可寶貴的生命都敢於捨棄，這多少接近於宗教徒，好者是精神幸福，什麼困難都能戰勝，不好的是易為別有用心者利用；實用主義者呢，過分自私自利，缺乏獻身精神，只沉湎於物慾之海而不能自拔。很顯然前者的人生要更有意義和價值。我當然服膺前一種人生態度，或者說人都需要一種宗教式的獻身精神，否則這個社會還能發展嗎？不過也要力戒為人所利用，這就得有自己的思想，儘量不盲從。當然激情迸發時，盲從或者難免，這就需要一種理智狀況下的思想。

我想宗教，包括某些宗教式之革命讓人有某種距離感，恐怕是同它們有時會出現的這種迷信式的盲從有關係。有的宗教或革命的推動者，常常喜歡提倡或有意識地去製造這種迷信的氣氛，或者這可以一時間奏效，但得不償失，最後教訓是慘痛的。

人不是牲畜，人有思想，受蒙蔽一時最終會想明白的。思想也不是憑空來的，可以從讀書中明白事理，也可以通過不斷的實踐中獲得，當然最初必然肇自懷疑，經過一番比較分析之後，距離事實也就不很遠了。例如依照那些大人君子所吹噓的，歷史上之明永樂大帝是明君，但魯迅先生從一部閒書《立齋閒錄》中看到了這位明

君殘酷屠戮的一面，一與正史比較，所謂之明君的真面目就出來了，也就有了自己獨立的思想了。自然有自己思想的，總是痛苦的，有的更要付出熱血與生命，這就需要有犧牲的勇氣了。

這種人，現實中，有，但不多。鄙人亦只能做到景仰而已。這事實也證明了我的平庸。我自忖斷不可能是勇士，而是怯懦者，在生活中直面血的勇氣是沒有的。但我不是濁世裏的蟲豸，不願意同流合污，如上言我更樂意成為一個粹然的儒者，潔身自好。這就是我的人生態度。

依照某些通行的寫作秘訣，寫到這兒似乎一定要回應一下開頭，怎麼回應呢？噢，有了，還是回到自己的折腿上，把它看作一種宿命的苦，有些悲觀，卻也有利於自己的心安，自然是來則安，治好腿要緊。但總有一個時期不能動，就想依法國作家伏爾泰小說《憨第德》中，憨第德之教訓「還不如去耕種自己的園地」，讀讀書，寫寫閒文，這也符合自己所服膺的儒家「獨善其身」之處世哲學吧。

讀寫

俗話說，因病得閒殊不惡。小病而得閒，這是連魯迅、梁實秋都高興的好事兒，我應該也感到高興吧？可是人是一種很奇怪的動物，忙了要叫嚷受不了，但一旦閒下來又消受不得。李涉詩曰：「因過竹院逢僧話，又得浮生半日閒。」很有一種忙裏偷閒之樂，令人羨慕。而我這回傷腿，有人安慰我，是老天讓我閒幾天。聽來似乎

還是一種福氣的。當時不覺，但漸漸就感覺出無聊來，尤其是家人紛紛忙自己的事去，撇下孤零零的我和四面的壁，倘能如達摩面壁那樣悟出禪來，倒不錯，可惜我俗人一個，能悟出些什麼呢？於是如何消這如年似的永晝，就很成問題。山東書友阿澄獻方說，何不讀書呢。是好主意。結果令家人搬出許多的書來，都是從前沒時間看的。

　　從前見過許多前輩如胡適、金克木們好像都慨歎過，沒有書讀。金克木更是在一篇文章的標題上寫下了：「書讀完了」。記得當時嚇了一大跳，因為正置身書山書海的書店裏，環身皆書，何能讀完哉？但是近日讀書，漸漸有些近似的念頭。並不是敝人放肆，別瞧世間書多，有不少看來似乎也不錯的，但經得一讀的著實不多，有更多的連翻翻都經不起，遑言於讀？這不免讓我覺到悲哀。為什麼會這樣呢？大約了無新意，人云亦云的多，有的語言還好，思想竟陳腐得令人受不了。清人焦南浦《此木軒雜著》第二冊卷首有王小松者題詞云：「擁書三十年，多半手未觸。翻從病榻上，泛觀或細讀。有味不能多，什九語陳腐。艱深與敖牙，亦不爽心目……」至此忽然渾身就有些悚然一震，想到自己所寫的那些災梨禍棗的文字，好像除了販些破銅爛鐵也一無價值，便也體會到了知堂老人中期後的文章樂意為「文抄公」的苦心。一九四二或四三年，在其〈讀書的經驗〉裏，老人寫道：「自己並不以為怎麼了不得，但總之要想說自己所能說的話，假如關於某一事物，這些話別人來寫也會說的，我便不想來寫。」這雖是數十年前的舊話，如今讀來也並不顯過時，就抄出來代言，因為正是我的意思，只是達到與否就說不得了。

　　據說，胡適之晚年常讀的還是知堂的文章，可謂獨具隻眼。不佞庋藏知堂文字，幾乎全部，斷斷續續地讀，知其好卻不明其所謂好。近日更是想通讀一過，只是過分吃力，因其所覽書多，紛繁迭織，有時就目不暇接。結果想了一個取巧之法，與別的書交錯來讀，而每天也就讀三兩篇而已，容易消化。當然知堂文章好，思想上也有其陳腐的東西，這是要注意的。

　　讀書之外，因為習慣的緣故，終抵禦不住那災梨禍棗之類的寫。依上面所言，必都要是自己的話（思想），那也沒有多少可寫。這就有矛盾。怎麼解決呢？想，聖人或前人已說過的，但今天仍有的，並且還相當嚴重的，如某些「山呼萬歲」之類的封建殘餘意識，某些對婦孺之偏見，乃至殘害的陋習，某些於今猶烈的反科學的迷信種種，就仍需不避重複地一斥再斥，直至三斥。雖然效力不見得多大，但接過前人之炬，並把它傳遞下去，也是自己的一種責任。何況在讀書中，自己也還是會有所思考，如略有所得，即使淺且陋，也還有敝帚自珍的價值，寫出來至少於人有所借鑒與啟示。因此寫寫閒文也就有了某些當仁不讓的意義。於是，也就敢於略嫌不謙讓地說一句，所寫的還不都是可有可無的垃圾之類云耳。

私見

　　私見，即管見或愚見，取愚者千慮必有一得之義，不過是否如此，就不敢說了。人是感覺的動物，感官的七情六慾起著主導的作用，饑了索食渴了索漿，這是連三齡小兒都懂了的，這是為了自己

的生存，但似乎還不完全，還有一個人種延續的問題，故《禮記》有云：「飲食男女，人之大欲存焉。」焦循於《易餘龠錄》中說：「人生不過飲食男女，非飲食無以生，非男女無以生生。」就說得更為明白了。記得從哪兒看過，人問生物學家牛滿江先生，人生意義是什麼？他的回答直捷而出人意料，曰：「傳種而已。」這就與傳統，甚至連某些道貌岸然的道學家都不敢反對的，「不孝有三，無後為大」很有些契合。當然這常常成了某些男人花心的藉口，卻是另外一回事了。

　　據應「五四」潮流興的先哲分析，西方人重個人，喜歡把個性張揚至極致，而東方人，尤其中國人則看重家庭，包括種族之延續。結果，前者強調個人欲（感官）之滿足，要麼不要子嗣，倘有生育也以之為欲的結果，謂於子女無恩，故並不求子女之報。這有先進之思想在，因為較近乎人性之本質，也就於子女問題及男女關係上，能表現出相當的通情達理。即如生子女不求贍養自己之後半生，於女性也鮮有求其從一而終者。但有利也復有弊，即較少親情，終致社會人人自掃門前雪，冷漠而隔閡，誠如老子所謂的，「雞犬相聞，老死不相往來。」比較而言，東方人（中國）更重親情，欲有而壓抑之，男女間不過為了生生，於兒女則視有恩於他（她），望其成龍鳳，究其竟不外視為貨物，金銀之類，所謂庭前芝蘭，於人前炫耀而已；更望子女報恩，五世同堂，斑衣娛老。因此聯類而及，則要求子女孝，要求女子從一而終。如此一來條條框框多，甚至走極端，如殉節、割肉療親之類，已如鎖鏈令人不堪其負了。終於物極而反，就有陳獨秀、魯迅們砸爛孔家店，砸爛舊禮教之革命行動。

不人道的舊禮教，或曰封建禮教應該砸爛，誠如魯迅小說〈狂人日記〉、〈祝福〉中所描寫的，因為它有壓抑人性，「吃人」一面。但就在砸個稀巴爛後，全盤接收西方的嗎？先哲們在破壞唯恐不徹底時，有盲目崇拜西方之傾向，這情有可原，但有時情緒過分激昂，就出現了過激，不夠理智。鄙意並不是中國的思想，一律都是一無是處之所謂「封建禮教」，其實以儒家為主體的思想，其中也有優秀的成分，舉小者如親情，鄰里敦睦之類，大的如「先天下之憂而憂，後天下之樂而樂」的舍小私為大公者；故所應棄者是其中違反人性的成分，——更多是後世的假道學者所附加的，如為封建統治者服務的三綱五常之類。周作人謂儒家有為民為君兩派，說得頗是。那麼反過來，西方也有合理與不合理的，便也有揚棄的抉擇。清末民初有識者高幟「中學為體，西學為用。」探索之功不可沒，但依鄙見，到底放不下老大的架子。如今世界日益一體化，地球村的觀點普遍為人接受，若繼續拘泥東方西方孰主賓，未免狹隘。愚以為何妨不計東西，取其好者，棄其糟粕，——「咸與維新」，構設胡錦濤所倡言之和諧，這是盛唐有容乃大之舉，亦孫中山理想中之「大同」。如此，則世界幸甚，人民幸甚。

或曰，小子何人？亦敢妄言如斯大義。誠然誠然，是有些不在其位而謀其政哉。於是謝罪，謂以上諸篇，無非病中無聊之囈語，倘有一兩中的則采之，如無可納時，視為胡言亂語，棄於字紙簍可也。文訖。

文人

　　不幸而為文人，於是想起了一句來源很古的話：「一為文人，便無足觀。」記得宋時的柳永本有當官的機會，就因為改不了這文人的習氣，被宋仁宗說一句：「且去填詞。」落得個「白衣卿相」，只流連花街柳巷的結果。何為文人呢？有的人常常要與士混淆，這是錯誤的，士是官的料，換言之，有棟樑之份，文人呢？即使混出個樣兒來，最多不過幫閒，雖也衣冠楚楚，始終不脫幫閒相。如賦高唐巫女之宋玉，誘文君之司馬，皆文人之前輩。一為幫閒，角色當然就有些兒不尷不尬，故也是文人之揚雄，不無感慨地說：「雕蟲篆刻，壯夫不為。」話說得夠淒慘的，好像有一兩斤力的壯丁，就不屑於為文。恰也如是，文人者多為手無縛雞之力的孱弱之輩，「之夫者也」的搖頭擺尾，徒增笑料而已。

　　誠然，即如流氓之漢高祖劉邦、明太祖朱元璋，這些極端瞧不起文人者，——劉皇帝就說過：「乃公馬上得天下，安事詩書？」——卻也曾興致勃勃地賦詩抒志，如劉邦的〈大風歌〉就堂皇地收在漢的文學裏。只是他們這僅僅是遣興，大功告成之後的「卡拉ok」，何嘗當得了真？更多幫閒的文人，不論混得如何高級，還不是由其殺割隨意？歷代皇帝、高官玩玩可以，那是雅，如數下江南，處處題詩，還不忘製造點風流韻事的乾隆皇帝，但倘真的成了文

人，就往往死無葬身之地，如李後主、宋徽宗之流，最後只落得個飲牽機坐井觀天而死了。這麼一說，這文人兩字最是沾惹不得的，彷彿一種病。說起病，在國外還真是這麼說的，一位異國人士叫戈蒂埃的，著有一本《奇人志》記載一個故事：某財主忽一天從其兒子抽屜裏翻出一些紙片，上面寫滿了長長短短的句子，他立即頭痛如裂臥病不起。這些長長短短的句子，即是所謂的詩，這病就叫「畏詩病」。有藥可治，書中開出的藥方是，集天下之詩集焚之，化灰吞服可愈。——看來焚起書來，不只秦始皇及紅衛英雄們感興趣而已了。

想想，也真的是可悲的。不佞猶不能決絕如某財主，癡迷不悔，讀之後進而至於寫，千方百計地把自己變成一個「百無一用」的文人。也不能說沒有一點積極方面的理想，彷彿幻想自己是「眾人皆醉我獨醒」，對這躁躁的世俗氣的社會不滿，攥著頭髮就想往虛無的天空飛去，所謂高蹈，宗旨不能不加一個「佳」字，可是凌空怎麼行？多數的文人（包括我）都或多或少有一點堂吉訶德的迂闊，碰壁且備受他人白眼就不能倖免了。偏有若干當局者迷，以為哼幾句有韻沒韻的，就多麼了不起，不知外人如何不屑，竟沾沾自喜，印在名片上曰：「著名詩人（或作家）某某」云云。日常間區區偶爾也參加雅集——找個財主打發幾個小錢，喝一頓，卻美其名曰：「雅集」。我輩文人遞上名片，樣子虔誠，即使著名者其實也有幫閒氣；而納者，常常是出資的財東，一副居高臨下的盛氣，眼角眉梢漾動的隱約是某些譏嘲的不屑。當然也不乏有錢而想附庸風雅者，畢竟這是中國不是美國，錢之外還有看不見但存在著的「身份」，有錢而沒身份的，如樹小牆新畫不古的暴發戶，心中總覺有

所欠缺，打發幾個小錢，有文人樂於幫閒，正好藉以風雅一下，於是撈個身份，彷彿也就儼然儒商了。

上面說的文人幫閒，其實古今中外皆然。所謂幫閒，俗稱「傍」，傍也者，《現代漢語詞典》謂：「依靠，依附」。總得有堅挺的物件，如大樹大山之類才有得傍，文人之傍無非大大小小的官與商（尤其是暴發戶）。這「傍」字到底刺目，令人想起同樣傍官傍大款的美麗異性。其實性質沒有差別，不過一以誘文一以豔色，無非悅其所悅者。但想幫閒，也不是很容易的，撞上的機會完全得看造化，雖不敢說凡文人都想幫閒，到底為數也還不少，尤其當前這文章不值錢，又都離不開錢的年月。因為幫得上閒，起碼混上一碗飯吃，不能闊也不至於餓死，僥倖還能出一本集子，因此混上幫閒就有驕人的資格了。至於那些幫不上閒的，拈酸撿辣的悻悻然的冷嘲熱諷，貌似不屑然的清高，其實呢，不過蛾眉之妒耳。不信，你也讓他（她）有機會幫上閒，管保早屁顛屁顛的眉開眼笑。因此，所謂文人，無非幫閒與暫時幫不上閒者而已。話聽來刺耳，有褻瀆斯文之嫌，卻是大實話。例外的有沒有？當然有，但少，只說我知道的，如謝國宴的錢鍾書，如講骨氣的陳寅恪，不過他們又都不樂於自居為文人，不屑於與文人為伍了。

頌歌盈耳神仙樂

人一出生，除了個別不幸的，都會說話。說話好，倘不我們之間的溝通就成了問題，雖然有手可以比劃，如聾啞人之手語，到底不如說話方便，何況如電話之類，完全是由說話發展而來，好像打破空間的限，把說話的聲音擴而遠之，越洋過海，甚至拋擲於太空。還有突破時間的，如收答錄音機者，縱然人已不存在了，虛無縹緲的聲音還在，如果進而加上形象，刻錄成光碟，那麼古人所渴慕的「音容宛在」者，就十分輕易地獲得了。

然而說話是人人會的嗎？也不盡其然。這會說話其實不是普通的會，古人說過，話有種種，巧說為佳。所謂巧說，也就是巧舌如簧，是真正的會說話者，明眼的人一看，這所謂的會說話，已是更上一層的善了。有的人對此頗有些看法，多半是哪些話說得不巧的，自謂直說，好像自詡誠實，甚至意摯，可是現實中常常不受歡迎，有時更被視為「烏鴉嘴」，大家紛紛走避，得罪人的更是難免。而上帝不公，會說話的常常鳳毛麟角，結果活該他們處處滋潤的。記得魯迅某篇文章，說一人生孩子，客紛紛致賀，多誇獎其好，從頭及足，甚至遠及將來之美妙前景，主人當然高興，孰料一人忽然趨前說此子將來必死，結果被亂棒打出云云。誇獎其好者，是虛誕的，因為誰也不能預知，而說必死的倒是事實，到底世間並無長生

42

不老藥。為什麼說假話的吃香，說真話的倒楣呢？其實這同人的本性很有關係，人誰樂意苦呢，還不是人人喜歡快樂，就是乞丐也還有些盼望，即使今世不能還有來生，於是那些好話，大家明知其假也樂意聽，樂意說。有一位詩人的詩曰：「頌歌盈耳神仙樂」，說的正是這個意思。

或者有人對此深惡痛絕。不錯，這可能導致假話流行，真話不能說，甚至阿諛溜鬚拍馬的大受重用，而有真本領的卻因不善說假話，不受重用。但這是沒有辦法的，即使在上者，多麼開明，比如那位倡導人鑒的李世民先生，也大概不會喜歡天天聽人在他面前數落他的不是吧？也總是盼望著更多的聽到關於自己的好話。於是無論歷史，還是現實裏，巧嘴地歌唱的歌德派就總是得寵，即使淪為寵物，也比烏鴉們討人喜歡。古人說過，「人生實難」。人活著，自然總希望活得好一點，這也無可厚非。會說話的，或由於天賦，這其實不很多，大半是因為後天的需要造成的。有的是嚐到了由此而來的甜頭，有的是跌破了腦袋，經過了挫折，不得不如此選擇，但總之是為了自己比別人活得好些，則是無疑的。基於一種寬容的理解，我們當然不忍心去斥責他們。但我以為會說話，有時難免說些假話，卻總以不要違背人的準則為限度，這似乎矛盾，因為一說假話已是違心了。怎麼辦呢？其實假話也有輕重，做頌歌的歌德派，只是不誠實，但說陷害人的假話，如以莫須有罪名扳倒他人，然後踩踏這血的屍身上去，以他人的鮮血染紅自己頂子的，就已不是希望自己活得好一點的問題了，而是越了人的界限，淪為了一種獸的行徑。

43

　　鄙人其實十分仰慕善說話者，不幸這方面缺少天賦，成了佔大多數中的一個，吃虧在所難免，雖酸溜溜說自己不願說諛辭，是求得心安，到底是一種遁辭而已。不善說話，自然最好奉行的應該是「效金人三緘其口」，也即是沉默。這也屬古訓。知堂老人說過，沉默的好處：其一是省力，可得長壽；其二是省事。其實就我看來好處還不止於此，因為既不善言，言一多有時就可能會「禍從口入」。曾為新華社資深記者的田炳信統計了一百九十七個帶言旁的漢字，發現基本沒有好詞，可見古人之如何害怕言多必失，清代一位宰相乾脆概括說：「萬言萬語不如一默。」大約沉默雖求福不能，至少也可避禍。因此，自己之選擇緘默，也就有了些好處，起碼可使這實難的人生不再難上加難。也似乎有不乏同調者，例如當代一位作家，寫文章的筆名什麼不好選，偏選了一個「莫言」，——雖然這與他的大寫特寫正相矛盾，也不去管他了。

　　據說，一位法國大儒勸人沉默，結果成書三十卷，為世人所笑。不佞呢，仰慕人能言善語，最後居然說到沉默是金，且謂是避禍之計，實語無倫次之至極，亦堪為人所嘲，結果是非所計也，便隨他去吧。

常常來入夢

　　這不能單純說是懷舊，雖然這連二十郎當歲的少壯者，也懷舊成風的年月，懷舊早已與時髦沾上了邊兒。但懷舊的情愫多少兒還是有些的，只是與時髦的潮流之類絲毫就不搭界。卻說我最近從曾讀過初中的那所學校門前經過，這座已歷百年滄桑的母校，呈現我眼前的已沒有多少歷史悠久的成色了，反而嶄新光鮮，一如暴發戶，或者說是朝氣蓬勃，可是我始終持一種保留的態度。嶄新而高大的教學樓、狹窄標準化的操場，──沒有多少樹木的這一座校園，於我這校友，完全是陌生的，一點感覺都沒有。因此每年的隆重的校慶，我始終不曾想去參加，感情上與這兒的一切，都格格不相融洽。

　　夜裏有夢時，魂牽的仍然是那所深藏在小巷裏的老校園：參天的大樹，多已近百年，翁鬱蔽蔭著這份古老的寧靜。與後來的氣派當然無法比，但這份寧靜古樸的氣氛，這略顯陳舊的西式建築，不止一個的寬敞的操場，有些野趣，除中央部分，稍遠處就完全有魯迅筆下百草園的味道，叢生的野花自由自在開放，白的花、藍的花，如夢似幻。沉靜、沉穆，把一種屬於這座學校的校風，鍥而不捨地傳承下去。不管你好學不好學，這校風已浸潤入你的血液，留在你一生的夢裏。

45

　　謊言是大可不必的，記得剛踏進這座學校，幾乎處處聞到一股股帶霉味，有點像黃梅天的陰濕，踩著不斷地搖晃的樓梯，自己很難說得上如何喜歡，喜歡的感情是在歲月的流淌裏逐漸積累起來的。我來這兒讀書的時候，並不能算很好，是上世紀七十年代中期，轟轟烈烈的「鬧革命」雖過去，反潮流的白卷英雄還是學生們的榜樣。好像剛開學不久，第一場會就是批判會。九月的天氣，也還熱騰騰，一兩千名學生鴉雀無聲坐著。忽然聽得汽車聲響，不久一個半老頭被武裝的公安人員架進場來，噴汽機式，脖有木牌子，好像反革命之類。批鬥、批判，手臂揚起如林，聲音是震天價的，慷慨激昂，無非打倒，接著萬歲，此起彼落。只見那被鬥者，渾身篩糠，是真正的害怕，最後是近於被抬架出去。這當然是本校的老師，如何成了反革命？因是初來乍到，未便打聽，也就不甚了然。不過這似乎為我此後幾年的初中生涯，定了調子。記憶中也還有上課的時候，但不多。當時的教育理念是，「開門辦學。」也就是貫徹最高領袖的指示：學生不但要學文化知識，也要學工學農學軍云云。具體上好像各占三分之一，而隨著年級遞增，至高年級時就要有一半時間到郊區的桑浦山下的「勞大」，去種田當候補農民。就是在學校時，真正上課的時間也不多，好像批這批那的運動接續不斷。當時做得最多的是寫大字報，就是在舊報紙上濃墨大書：「反擊右傾翻案風」，似懂非懂，完全是鸚鵡學舌的霸氣十足的語言。一個時期，校園到處都飄揚大字報，每天老師學生，不上課，都穿行於大字報間，讀、抄、評。本來以為這已經很夠氣勢了，但後來聽說仍沒有隔鄰的另一所中學聲勢浩大。我就和幾個同學約定過去瞧瞧，

美其名曰學習。這座入門即見大鐘樓的學校，果然不凡，幾乎連廁所的牆都貼滿了，令我們歎為觀止。

當時的老師，兩類人唱主角：一類是工人老師。因為貫徹工人階級領導一切的最高指示，一批有些文化的工人就走上講臺。也不能說都是草包，真才實學的也有，如一位教數學的，不但賣力，也講得很好，一直教到上世紀八十年代。一類是紅師班畢業的，年青，但文化知識有限。當然屬根正苗紅的，結果對學生中調皮的，就敢摑一巴掌，記得同班某同學就領教過，程度嚴重至耳膜破裂，只好終生與耳機為伴。孑遺的真正老師也有，多數謹小慎微，有時更對學生陪著笑臉，他們講的多為可有可無的副課，如地理、歷史之類。不過，仍然有責任感的老師，遍及以上三類老師。比如那時我已偏科得十分厲害，對數學很感頭痛，那位教數學的工人老師，就曾主動想給我補補裸。另一位紅師班畢業來當我們班主任的女老師，腦後還垂著雙辮，她教英語，難說水平多高，但總是十分認真負責地想多給我們些什麼。還有一位教地理的，戴眼鏡，模樣儒雅，很像當時流行的電影《決裂》中講「馬尾巴功能」的葛存壯，他很關注我的學習，一直到後來我轉去別所學校時，他還來過我家，鼓勵我認真學習。可惜我那時年幼，不免為時風所染，學習上總難說盡如人意，辜負了他們。

一所百年的老校，時光一點一滴積聚的讀書氣氛，即使在特殊的年月，也還讓人強烈地感受到，我有幸在這兒待了三年，在以上老師的教育下，獲得一點知識，更重要的是沒有墮落，內心是充滿了感激的。印象裏，舊式的建築物雖不氣派，卻處處彌漫著濃郁的文化氣息，而我們雖然就讀的不是最好的時光，但仍然收拾到了我

們青春的歡樂。我深深地眷愛著那已經遁入記憶裏的，有古舊西式
建築和參天大樹的母校，那漸行漸遠的，一如黑白照片的人和事，
帶著濃濃的感情常常來入夢。

關於生死

關於生死的問題，歷來談論的並不少，本來輪不上我來饒舌。但近日由於足疾的遲遲不能痊癒，在家百無聊奈，就讀了周作人與其他人的幾篇有關生死的文章，不禁有些話要說。

人總是要死的，世上除了傳說中的神仙，沒有能長生不死的。但大抵總是因為有病，或者生活上的不甚如意，這才想到了死。法國的思想家、文學家蒙田說過，「我患腎絞痛起碼體會到這樣一個好處：那就是它教我認識死亡，而過去我是不可能下決心去瞭解死亡，去和死亡打交道的。」有病，不但肉體上要備嘗其痛苦，精神上也嘗遍了苦的滋味，時時把自己的病與那個不可把握的死聯想在一起，怎麼能活得開心呢？雖說人生實難，但即使艱難，也還有酸甜苦辣的滋味，赤橙青藍紫的斑斕。縱使佛家說，如幻如電，應作如是觀。但除了大德者，凡俗的人，多少人能夠勘破？

都說病不如死，但除了個別甚有決絕者，也沒有見到過多少人，因病而毅然，或者慷慨地選擇了死的結果的。曾見過一位高位截癱者，活得極其艱難，不但生活無法自理，而且經常要備嚐苦痛的折磨，可謂是生不如死。但令人奇怪的，他卻選擇了艱難的活，並且逐步地活出了一份快樂來。這種對生命眷戀的執著，與苦苦的

掙扎，或許正應該成為某些抒情派詩人所歌詠的對象，然而，在我這略帶悲觀者看來，就不知怎麼地內心總會升騰起了一種悽愴。

生死是聯結人生的兩個點，也可以說是正反兩個方面，本來是十分自然的規律，但為什麼許多的人都那麼喜生厭死？這是我所常常苦思冥想而不得其解的問題。

不錯，生命在樂觀者看來是絢麗如花，可這花有時竟是多麼的脆弱，幾番淒風苦雨的結果，就使它落紅紛紛，萎地成泥。這樣的生命，如何能夠令我們不傷春或傷秋呢？

活著艱難，死又何嘗不艱難？到了病入膏肓，藥石無效時，則人可能會因此而有了解脫的念頭，這多半是由於捱不了那份苦痛的折磨。這讓我想起了二三十年前的初次目擊至親的外婆的死，臨終時她依然清醒，因為受不了病的苦痛，竟要在場的我們跪下來祈求她的儘早解脫；據說，《傲慢與偏見》的作者珍·奧斯汀在備受了疾病的折磨之後，竟對死流露出了極端的渴望，當親人們最後一次問她需要什麼時，她的回答竟是，「除了死亡，我什麼也不需要。」因此，能夠安詳地選擇死亡的人，該是多麼的幸福。在人們眼裏，文人似乎更容易自主地選擇死亡，中國的李贄、王國維，乃至老舍們，英國的吳爾芙，美國的海明威，日本的有島武郎、波多野秋子、川端康成，莫不如此。是因為文人的狂狷，還是敏感的多愁善感？其實都不是。他們是因為尊嚴而主動選擇死亡的。我倒是十分敬佩這些有勇氣把握生死的人，這才是真正的生活的強者。任何的指責，以及故作姿態的胡言亂語，都是一種不負責任的褻瀆和侵犯。難道喪失了尊嚴的苟活，要比堂堂正正的死更值得禮贊嗎？譬如老舍、傅雷夫婦，因不願低下高昂的頭，跪著生，終於選擇了死。是

不是抗爭姑且不論，光是這份不屈的傲然就遠遠超邁了平庸，並理應獲得了永遠的崇高的敬意。他們的肉體的死，換來了精神上的健旺的生。

當然，我這不是歌頌死亡，死也有值與不值的問題。糊塗的死，輕率的死，乃至作惡多端的死，都是不足為訓的。生命也不可以輕言放棄。科學告訴我們，生命之來之不易，要經過多少億次的優勝劣汰，只有真正的強者，這才有機會誕育成生命。母親的十月懷胎，父母辛苦的鞠育、社會的培養，這才有了長大成人的一天，如何能輕言放棄？生命的意義，既在於創造，也在於享受，創造是為了更好的享受——享受不是享樂，享受是一份珍惜，一份歡欣，一份感激，是包括了奉獻和愛的健康生活。

因此，死應該成為一種尊嚴和理智的選擇。我想，死有時也應該視作生，個人的死可以喚起群體的更好的活；至少為醫學上提供某種治療的參考。至於以捐贈有用的器官，更好地服務於生者，藉以延續自己的生命，無疑更是一種雖死猶生的選擇。

人都會有這麼的一天，一位十六世紀的醫生帕拉切爾蘇斯說過，「人人都在死亡中行進。」這沒有什麼可怕的，恐懼與歡欣，其實都是大可不必。然而，智者如弘一法師，臨終時猶說：「悲欣交集」，或者有另外的一份穎悟。

善待生命

一

寫了一篇〈關於生死〉，就有人說我過分悲觀。重讀了一遍，自己倒不感覺。雖然「人生實難」，其實，我卻是善待生命的。生命來之不易，文化老人張中行說得好，「生是一種偶然，由父母至祖父母、高祖父母，你想，有多少偶然才能落到你頭上成為人。上天既然偶然生了你，所以要善待生，也就是要善待人。」

然而，有時深思，尤其是讀歷史，又往往覺得這「善待生命」，說怎麼也落不到中國人的頭上。這話說不定會引發來自四面八方的責難。不錯，中國人多怕死，甚至還十分忌諱這個字眼，能夠坦然面對的極少，這就是古人所謂的「從容就義難」。你不見，歷史上每回有外敵入侵，或者大災難，當漢奸賣國的，賣友的，踐踏他人的倒是多多的。說他們求榮，大概並不十分準確，多半還是由於貪生的緣故。然而，由此就能說國人善待生命嗎？恐怕不能。他們所善待的生命，從理解上就是十分的勢利，多以自己為圓心，環繞這個圓心，一環一環往外繞，其重要性逐漸遞減。雖稱愛人，做到的

顯然甚少，而這甚少中，能自覺奉行博愛，無私心私利，乃至在關鍵時節，舍生愛人的，就更是鳳毛麟角——這就是所謂的英雄。

當然，在我們這個國度還是崇尚英雄主義的。一個時期，譬如我生長的上世紀六七十年代，英雄的思想十分濃烈，但這種舍生忘死的基礎卻是十分荒謬的，是建立在一種對另外的人類的強烈的憎恨基礎之上的。也就是說我們的所謂愛是有條件，有限度的。那種立足於泛愛的「善待生命」，不但不能存在，反而要冠以「資產階級」的桂冠，口誅筆伐，甚而至於鏟盡除絕，——愛居然帶上了階級，在人們的主觀上產生了強烈的愛憎，是何其荒謬！然而，竟在歷史上的某一個特殊年月裏通行。

曾經有一句話，那個時期流行很廣，成為包括我在內的人們心中的座右銘，是一個被樹立為英雄的人物說的，就是那句，「對同志像 XX，對敵人像 XX」。這就是對愛的愛恨分明的詮釋的極致。

我常常想，中國人的悲哀，就在於長期以來，我們對愛所強加上的這種愛恨分明的詮釋。人類最起碼的一種標準——「善待生命」，被斥之為「資產階級的泛愛」，代之是另外的愛恨分明的畸型的所謂的愛。在這種錯誤的理念導引下，我們堂而皇之，甚至理直氣壯地，把某些生命碾壓。

二

每天過眼的文字不少，然而，似乎沒有多少能過眼不忘的，而能夠如以下的，令我震撼的就更少，——「竊以為中國之最大問題

乃品格日下，洗心大難，可太息也。」這是一位文化老人在致筆者的信中說的。一語而中的。

「品格日下」，其實就是缺乏愛人，善待生命的情懷。即使某些精英的知識分子，口口聲聲說著悲天憫人。說到底還不是更多的考慮及自身的利害，能夠像晚年的冰心那樣，奉行林則徐的「苟利家國生死以，豈因禍福趨避之」的其實很少很少。

長期以來，我們把愛國主義狹隘化了，甚至將它理解為一種極端的民族主義。事實上，愛國主義必須建立在一種善待生命的思想之上。只有首先關愛生命，呵護生命，這才能夠真正地愛國家。倘使連生命都視如草芥，缺乏起碼的呵護之心，而肆意地去踐踏生命，卻標榜自己如何愛國，我是常常感到懷疑的。

還記得「911」的那場人類的大災難吧，隨著轟天的巨響，全世界所有善良的人們都悲慟。然而，令人意外的，就在我們中國的北京，某些著名的高等學府居然欣喜狂歡，敲起鑼打起鼓。在喧天的鑼鼓聲中，人們不禁嘀咕：他們的歡呼究竟是怎麼一回事？這對於所有人來說，無可否定的都是巨大的災難，我們有什麼理由去欣喜若狂？不錯，從國家的立場，我們很不滿意美國政府的某些干預的蠻橫，但因此我們就歡呼著某些恐怖分子對人類的殘暴？這無疑表現出我們人格上的缺憾，起碼是不夠完善。應該看到，恐怖分子所踐踏的是善待生命這一人類最起碼的標準，已經超邁了人的準則，是每一個善良的人類所難以容忍的，換言之，這是對全人類的犯罪。

然而，我們，甚至是號稱精英的知識分子，居然敲鑼打鼓。──狹隘如斯，可謂良足浩歎！我為我們的荒謬而臉紅。而當我們

目擊著一個現代女性，那麼殘酷地去虐殺小貓小狗之類無辜的弱
小生命時，不禁更是有些出乎意料的惶悚。所謂「洗心大難」，誠
然矣。

三

　　人類，其實也是芸芸眾生之一，於大千世界本屬蕞爾者。但好
像總喜歡以自己為中心去夜郎自大。結果，自詡為「萬物之靈」，
對其他生命，乃至大自然予取予奪。於是，許多與我們共同生活在
這個美麗的藍色星球上的物種，就漸漸稀少，乃至瀕臨滅亡。因此，
在這裏我們有必要鄭重其事地提出，「善待生命」的思想。

　　這很有必要。因為不但中國，甚至於整個人類，最缺乏的正是
這種思想。姑且以國人為例，改革開放之前，我們以一種狹隘的階
級感情代替了「善待生命」的思想。現在，我們卻把金錢的位置擱
在「善待生命」的思想之上。這都是不可取的。前者是在一種貌似
正確的觀念導引下，去心安理得地踐踏生命；後者呢，乾脆是以金
錢的血淋淋去獵取生命。於是，利之所至，造假作偽，甚至以致癌
的化學原料浸淹食物；以臭哄哄的大便，去成為臭豆腐的作料；以
浸屍的福爾馬林去泡魚，諸多的不堪入目，令人噁心、觸目驚心的
現象就在我們周圍司空見慣。而日常生活裏，我們更以一種饕餮的
姿態，去瘋狂地獵食著大大小小的生命。

　　僅僅有幾千年文明史的人類，其所謂的文明難道就是建立在如
此血淋淋的殘酷之上嗎？我時時有一份慚愧的自省。我知道，自己

更多的時候也和其他的同類一樣參與到「吃人」之列。我們總喜歡把追求幸福當作目標，然而，什麼是幸福呢？缺乏了「善待生命」思想的幸福，是虛偽的幸福，極端自私的幸福，甚至並不能稱之為幸福。

生死事大矣

——兼懷一位朋友

說是朋友,其實只見過幾面,不過點頭熟而已。然而卻傳來了消息,說他死了;恰逢其時,我又不慎跌斷了腿,有一段不算短的時光無可奈何地要在床上度過,心情之惡劣可想而知。

於生死我並不感覺陌生,尤其是人到中年後,自己身經目擊的身邊的親友的死,漸漸地多,甚至自己也歷經過死亡的考驗,原本應該了悟生死,淡然置之;可是這回終於露出了自己心底的懼來。要把包括生死的一切都看淡,談何容易?記得從哪裡看到,一位哲人說過人對於死有一種與生俱來的恐懼,與人的身份(偉人凡人),與人的年齡,都沒有關係。因此對哪些能夠從容走向死亡的人,例如清末戊戌六君子中的那位「流血請從嗣同始」的譚嗣同,就格外地景仰了。

作家總是有些羅曼蒂克,比如蔣子丹的一篇散文,曾經十分詩意地為自己的死亡作了一番設計,連病榻的床單、房裡的氛圍,榻前的花兒,甚至死的剎那那一抹從窗外斜進來的桔黃的陽光——日薄西山之後的餘暉,全都設計到。這時,死亡再不是令人恐怖的,而是一種充滿著詩意的美麗。可惜不過是一種一廂情願的夢囈而

已。俗話說：閻王要人三更死，不容人至五更時。死像日常裏花的萎謝，匆邊而不容設計。許多的人，死亡前總處於一種深深的昏迷中，在昏沉沉中就離開了自己眷戀的生命和親人。我曾經因此而憾恨，覺得這死神也太狠了，連死亡前的最後一瞥也不給人留下。但隨著年齒之漸長，於人生的體味日益增多，倒是明白了自己受文藝作品的害，把人生都看得近乎天真了。其實人生不如意常八九，何況像死這樣的大事？因此活過了九十的臺靜農，在將屆生命的終點時，飽含深意地說了一句：「人生實難！」

實難的人生，不但指生活裏常常免不掉的坑坑窪窪、碰碰磕磕，即使如「一夜看盡長安花」的春風得意，燈紅酒綠時的熱熱鬧鬧，其實也多半離不開這一個難字。或許有人覺得這麼說是一種矯情。不是的，春風得意，燈紅酒綠的烈火烹油，誰不喜歡？但誰能確保自己的一生都處於這種巔峰的狀態？就如戲劇總有謝幕的時候，慣於人前走馬燈的阿諛奉承者，轉瞬間就會嚐到那一份冷清的滋味。極權時代的孤家寡人，也包括如乾隆、慈禧之類享了一輩子福的帝后，他們該滿足了吧？其實，由生前延續到死後的這些表面的繁華，怎能抵得住那一種高處不勝寒的蒼涼。何況也還有凡人有而他不可能有的幸福，譬如親情之類，甚至有一天長生無望真的命歸黃泉，也不能獲得安寧。既得利益者怕他活著也怕他真的死去，已成了僵硬的屍體，還千方百計地騙說他還活著。如極權者的史達林，已經尿濕褲子躺在地上四小時了，仍然得不到醫治，死亡後的很多天，卻仍被其親密的戰友說成是「正在與疾病作鬥爭」。這種生死都不得自由的悲慘，恐怕也不能不算是「人生實難」的又一例證吧？

　　人總是先生後死的，無所謂生何言乎死呢？所以孔子說：「未知生焉知死」。我常想生也就是活著有什麼意義呢？因為一出生人的命運就可以說是已經決定了的，是走向了墳墓——那長滿了野百合花的地方。除了無知的童稚時期，人的一生事實上都是活在死的恐怖之中。然而因此就放棄生的興趣了嗎？少數杞憂者外，好像大多是該樂的樂，該爭的爭，有的甚至如某位偉人與天鬥與地鬥，鬥而樂且無窮，或許這是生之價值。不過，依不佞想或許也是對死之懼的另外一種逃避，即以生之快樂沖淡死之可懼。這當然比鎮天裏生活在死的恐懼中好，有積極的意義，或者正是對孔子「未知生焉知死」的最佳詮釋。

　　因此，對於那些明知死的陰影已在身前身後晃蕩，而仍努力活著的朋友，我就十分的欽佩。即如這位姓鄭的朋友，得了絕症五年了，卻仍快快活活地活著，並在書法上有所追求。他前後共為我寫了兩幅字，其一書前人詩，草書：「天若無雪霜，青松不如草；地若無山川，何人重平道。」有勸勉之意，不論自勵或勉人，都體現一種努力的抗爭；尤難得的，不把自己的苦痛擴散給別人，當他人有所成就時，他的祝賀也總是真誠的，那笑容是發自內心深處綻放的燦爛的花。我與他最後一次握手言別，是二〇〇六年秋天的某一天，天氣仍熱，是學長劉志清約他和我去飲早茶，他瘦的手沁涼沁涼的。那時，我的心格登一下，不過很快就被他的笑容所融化了。

　　若干時間後消息傳來，先是說舊患復發，住院。因為我也跌斷腿動了刀子，不能動彈，心中就很悲觀；果然幾天後的確切消息說，他已死去了。我聽後無言，我又能說些什麼呢？這就是人生。願他安息。

先生之風　山高水長

想起巴金

巴金先生走了，他帶走了一個時代，但留給我們一份無限珍貴的精神財富。

無論從哪一方面說，巴金都是一個偉大的人物，他一生追求光明，追求愛和真，如飛蛾撲火，即使遍體鱗傷，依然是矢志不渝。我十分欣賞他這麼的一句話：「我唯一的心願是：化作泥土，留在人們溫暖的腳印裏。」

這一點他應該無愧，因為他是做到了。在中國，巴金先生的作品哺育了不只一代的人：《家》、《春》、《秋》感召多少時代的青年砸碎封建社會的枷鎖，走在時代的最前列，去高舉反帝反封建的旗幟；而《隨想錄》更如明亮的燈，照亮了成千上萬知識分子前進的方向。巴金的偉大，並不在於他在文學史上的地位如何尊崇，而在於他的精神上的魅力。他有濃濃的懺悔，自省的思想，不僅勇於解剖別人，更勇於解剖自己，從內心深處喊出震撼人心的「說真話」

的心聲，正是這自省的意識和堅持說真話的思想使他閃爍著偉大的光輝，並成為中國知識分子的典範。

重讀《隨想錄》

《文匯讀書週報》曾以「二十年來最感動人的一本書」為題徵文，我以讀巴金的《隨想錄》應徵。因為這是一本深深地震撼過我的心靈的好書。我說：「讀這些文字，我始終感受到巴金老人那顆灼熱而真誠的心，由於敢於說真話，敢於解剖自己，這些文字才被推許『為中國當代思想史和文學史保留了一份極為重要的思想資料。』這是一個有良知的老人，拼著衰朽之軀，以顫抖的手為我們，為後人建立了一座文學上的『文革博物館』。」

巴金的《隨想錄》，最早寫於一九七八年，完成於一九八四年，寫了將近十年，四十二萬字，一百五十篇，是一部「力透紙背、情透紙背、熱透紙背」的講真話的書。巴金從來就沒有失掉熱情，即使寫這樣的一部沉重的書，依然保持著熾熱的感情，正因為筆常帶感情，才能產生巨大的藝術感染力。

這看來好像質樸無文，好像不夠理性，其實巴金老人心中燃燒著一團火，他只想傾吐，根本無暇於修飾或掩飾什麼，他是把一顆赤誠的心捧出來給廣大的讀者。受慣了虛假愚弄的他，已不甘心受擺弄的角色，要掏出真心的話，實話實說，這份勇氣是多麼可貴，即在今天，這也不是人人能做到的。

　　寫這幾十篇文字的時候，巴金已是身患多種疾病的一個衰朽的老人了，但他依然堅持一字一字地寫，有時吃力得手中的筆都拿不住，卻依然不願放下手中之筆。他說：「火不熄滅，話被燒成灰，在心頭越積越多，我不把它們傾吐出來，清除乾淨，就無法不做噩夢，就不能平靜地度過我晚年的最後日子，甚至可以說我永遠閉不了眼睛。」

　　我曾拜讀他的《隨想錄》手稿本，那些字扭扭歪歪，越寫越小，可以看出病中的巴金吃力的姿影，但每一個字卻是火一般的灼人，把我們的心都灼痛了。

由此而想到的

　　在《隨想錄》中，巴金老人多次說過，他並不想當作家，是生活迫使他拿起筆來。他是為讀者而寫，為讀者而活著的。這些普普通通的話，卻令我們臉紅。

　　看看我們當前文壇上的作家，現在還有幾個敢說是為讀者而寫，為讀者而活著。浮躁與惡俗籠罩了文壇，成了許多作家的流行病，為名或利，早就很難有坐冷板凳十年磨一劍之恆心和耐心了，十天半月一部著作即炮製而出的已不是稀罕的事。戲說、胡侃，什麼情色、下半身舞蹈之類惡俗的東西大行其是。當前一知名網站正在舉辦所謂的「文學原創擂臺賽」，不足一個月，即已有近兩千部長篇展示。其實這正是一種典型的時代流行病。作家早淪為寫手，把自己的人格下降到與禽獸為伍。如一部《歡喜記──我們性福，

我們幸福》的所謂「情色史」，已很難說這是小說了，除了充斥更多的性方面的赤裸裸的描寫外，就沒有別的了。不錯，這也是一種寫實，但這樣的「寫實文學」，怎麼說都是對文學的褻瀆。說這是為讀者而寫嗎？我十分懷疑。即使有若干讀者喜歡，但也不代表什麼，難道我們文學除了迎合之外，更無另外的追求了嗎？

巴金老人在《隨想錄》中說過：「優秀的作品給了我生活的勇氣，使我看到理想的光輝。」巴金老人的話，對於當前文壇的種種，不啻一記警鐘，具有醒世的作用，應該引起我們的作家的反思。

落絮無聲春墮淚

近日，張中行先生以九十有七（依傳統計法是九十八）之高齡謝世。人總有這麼一天，可是我卻仍戚然良久。畢竟這是一位令人欽敬的老人，何況我曾與他有過音問交往，於是想起了一句古詩，「落絮無聲春墮淚」，遂有如下之文，聊作紀念云爾。

布衣學者

對於中行先生，媒體冠諸許多種家，季羨林先生更尊稱其為，「高人、逸人、至人、超人」。以中行先生之淡然榮利，博洽的學問，自是當之無愧。然而，我卻獨獨以為，所有的稱謂都不如「布衣學者」恰如其分。

中行先生一生供職於人民教育出版社，布衣布履，恂恂一老夫子，編書讀書，以及七八十歲之後的寫書，之外別無所羨，別無所求，甚至連吃住都以簡樸為度。大名風行華夏時，終於分得一屋，卻謝絕熱心讀者為其裝修之請，僅苔帚一把，前前後後過了一遍，即安然入住。書桌前有一籐椅，是六十餘年舊物，纏滿了塑膠繩，人來人往，常常與主人同時入相，好像也未見張先生有什麼難為情

之處。而吃之上，也極其儉樸，多以二鍋頭、玉米渣粥、烤白薯為樂。未必張先生不想有更好的享受，但他以「安苦為道」自奉，而且一以貫之。這樣的人生，是否就無趣？張先生的回答是未必然哉。因為他有更高的要求與樂趣，那就是思想。即使到了耄耋之年，寫作已基本停止了，但張中行仍然沒有停止思想。二〇〇五年九月二十九日傍晚，在回答一位記者的提問時，他依然堅持認為一個文人最重要的是思想，並在那位記者的本子上寫下了：「思想最重要」五個字。

在張中行先生這一代，由於感受過「五四」的風雲激蕩，思想總多少接受了西方的某些哲學，如他就曾坦然承認，其思想就是羅素的懷疑主義和康得的理性主義的結合。這有好處，就是頭腦是自己的，保持了思想的獨立性，不人云亦云。對於舊北大，他似乎更樂於認同，因為在那兒他接受了懷疑的思想，他說，教育的成功在於使人不信。這話很值得深思。竊以為，現在之教育所最缺乏的其實就是這一種精神，結果「吾愛吾師，吾更愛真理」的優良傳統沒有了，代之的是眾口一辭的唱讚歌，培養出來的是一批跟屁蟲、馬屁精。腦袋可以不要，只要有一張鸚鵡的巧舌就行了。如斯人才，可想而知矣。

負暄三話

雖然中行先生最看重的作品，是有「當代論語」美譽的《順生論》。但包括我，幾乎大多數的讀者所推許的還是其「負暄三話」。

　　散文家姜德明說：「張先生的代表作『負暄三話』，對當代散文深有影響，擴大了散文天地，開闊了讀者眼界，提高了人們的鑒賞和寫作水平。」這話說得十分允當。想想「負暄三話」開始出現時，正是余秋雨大散文風行之日。相比著狂飆的余秋雨，張中行只是毛毛雨，但漸漸地就呈現一種旋風之勢。

　　其實張先生的閒話體是承周作人而來，雖是淡淡的，卻從容不迫，有那麼一種沖淡雋永。有識之士，如周汝昌先生稱賞謂，「讀他老的文字，像一顆橄欖，入口清淡，回味則甘馨邈然有餘。」然而，令人神馳的不僅僅其文字，更在其內容，無論懷人敘事，都有一份懷舊的情愫，但遠遠不止於懷舊，是一種對已經如前塵影事的不復存在的文化氛圍的追摹。有什麼價值呢？好像並不止於藝術上的欣賞，更在於文化方面的賡續。

　　當然更重要的是思想，中行先生在淡淡的文字上肩荷著的是如何新鮮而深長的思想。我們為什麼每每覺得中行先生筆下的人物，無論大名者如章太炎、黃晦聞、苦雨齋、胡博士，還是籍籍無名之流如劉舅爺、家鄉三李者，皆躍現眼前，就是因為他不僅僅寫人，更寫出其精神來。張先生是幸福的，不但求學沙灘之紅樓，接受西學東學的薰陶，更有機會親炙許多不同思想的名師，在一種相容並蓄的雍容風氣中優哉悠哉。

　　文字所蕩漾的除了文化，還有那份閒逸，這種從容不迫的閒話體，讓我們在余秋雨式的煽情（並無貶低之意）之外，更獲得了另外的一種美感，雖然有時不免略顯囉唆，但究竟沒有令人不耐煩的感覺。我們期待著能夠讀到《負暄四話》，可惜張先生早已興趣闌

珊。好在還有一本《流年碎影》，是一種思想性的自傳，似乎多少有一些理勝於情了，不過也還值得一讀。

至於那本《順生論》，探討的其實就是生死的問題，好像強調如何適應環境，努力活著，即所謂「順生」，「安苦為道」其實正是順生之旨。曾經有一位記者問已住醫院的張先生，最捨不得的是什麼？張先生坦然而答：「最捨不得的是生命。」生命來之不易，而且依唯物論的觀點，是僅此一次，再無來生，有什麼理由不去珍惜呢？事後有人對此感到不滿，以為如此強迫一位病中的九旬老人回答生死的問題，是一種殘忍。我並不如此認為，因為所謂最捨不得生命云云，其實是一種善待生命的良好願望，其對人類的意義似乎更大些。而依他的通達，早就勘破了生死，還有什麼可顧忌的。

不該忘卻的潘旭瀾

斯人逝典型存

復旦大學教授潘旭瀾謝世，許多學人都致悼念，也有學生回憶他，照例地說了許多蓋棺論定的好話。對於這位學者之死，我是深致惋惜的。因為像這樣有獨立思想，兼之有獨立人格的學人已不多見了，他的死自然讓我們惋悼。

潘旭瀾，福建南安人，生於一九三二年，算起來也不過剛過古稀，年齡並不算很大。著述頗豐，有專著《藝術斷想》、《中國作家藝術散論》、《潘旭瀾文學評論選》、《詩情與哲理》、《長河飛沫》，及散文集《太平雜說》、《咀嚼世味》、《小小的篝火》。曾見其影照，屬於松竹那一類人，故人謂之有風骨。

其散文我讀過，並沒有特別吸引人的魅力，譬如與同是學者的余秋雨比，屬於平實的學者文章，缺乏縱橫捭闔的煽情，與汪洋恣肆的大開大合，自然沒有什麼影響力。然而，這現象終於因為《太平雜說》的出現而被打破。我以為，潘旭瀾即使沒有別的，光一部《太平雜說》就已經獲得進入文學史的不朽資格了。因此，其可謂「斯人已逝典型猶存」也。

不虛美不隱惡

　　《太平雜說》是一部歷史隨筆，是建立在獨立思考基礎上的，具真知灼見的，即使在今天也不多見的優秀作品，其思想性的光輝是超越時空局限的。因此學者陳思和先生評價說：「他晚年關於太平天國的歷史隨筆中所展示的錚錚風骨，以及一鞭一道血痕的藝術力度，正是他在長期研究現代文學、當下文學時想表達的思想和想傾吐的感情，在歷史領域和隨筆寫作裏恰如其分的噴發。」

　　《太平雜說》是一本文學家寫的歷史書，它難得的是，告訴了我們一個歷史的真相，而這本應該是由歷史學家告訴我們的。不過這好像不是主要的，主要的是那個接近了事實的真相。記得讀書時，看到過這麼的一句話，說歷史是任人打扮的姑娘。當時尚未諳多少世事的我，感到了一種近乎上當受騙的悲哀。讀《太平雜說》，竟然令我產生近似的悲哀。看來，年齒之長同閱歷的漸多，並未使自己成熟了多少。正是基於這種原因，我對潘先生這樣的嚴肅地給予我們歷史真相，不虛美，不隱惡的學者，就充分地敬重了。因為他們就像盜火的普羅米修士，給世界帶來了光明。

　　我們為了記住過去，因此有了歷史。但這歷史並不就都意味著真實，或主觀或客觀的原因，使「歷史充滿著編造與謊言。」（陳四益語）這就有賴於那些有良知的學人，秉著尊重歷史的態度，去爬梳剔抉，去汰虛淘真，還歷史以本來。這本來是毫無疑義的，但有時候實際做起來，可是真難啊！為什麼呢？除了某些認識上的局

限之外，更可怕的是存在著各種或明或暗的禁區，大家都怕越雷池半步。這是學術界，尤其是歷史研究中常碰到的現象，也是長期制約和困擾我們的可怕的緊箍之咒。因此，辯誣和指謊的過程永遠沒有結束。可歎的，新的謊言，新的障礙仍在不斷地產生，這又使我們距離真相越來越遠。

還歷史以真實

對於歷史上的農民起義，尤其像太平天國這樣的大規模的農民起義，長期以來，我們總是先有一種觀點，然後再去考慮歷史的事實，結果，就只好過分地強調其進步上的作用，而忽略了其真實性了。這樣的研究，勢必使歷史距離真實越來越遠，歷史成了某些政治概念的附庸。

事實上，農民起義，包括太平天國，都是人民忍無可忍的一種奮起抗爭，有積極的歷史意義，但其對社會生產力的破壞，也是事實。正如馬克思所說的，「他們給予民眾的驚惶比給予老統治者的驚惶還要厲害。他們的全部使命，好像僅僅是用醜惡萬狀的破壞來對立與停滯腐朽，這種破壞沒有一點建設工作的苗頭。」因此不能不切實際地無限誇大其作用。何況更多的農民起義也有很大的局限性，即如太平天國，發展到後來早已演變成了一種被個別別有用心者，如洪秀全、楊秀清之類野心家利用來達到其目的的邪惡勢力。這些人本身就不是真正的農民，對農民缺乏感情，也不可能代表農民的利益，其所謂的「天國」，說到底不過是洪秀全、楊秀清們的

「天國」。《太平雜說》以其真實的史料還給我們一種歷史的真相。如〈天堂的婦女〉，就以事實，如洪秀全禁止夫婦間的正常夫妻生活，甚至連幼天王九歲之後，也要與母親隔離，而自己卻擁有八十八個妻妾；這些妻妾連姓名都被剝奪，僅以數位為號，以及婦女動輒遭遇蹂躪等等暴虐婦女的行徑，回擊了所謂「太平天國是婦女解放的先驅」的論調。

事實總歸是事實，在我們強調實事求是的今天，對於歷史我們更應該持如是之態度，因此潘旭瀾的《太平雜說》，就具有現實的意義了。

傷逝

一

在我這已不太年輕的心，堆積起了越來越多的有關親友凋逝的悲哀。經歷了很多的生離死別，我的心應該不再敏感了，可是不能，畢竟自己面對的是一個個活生生的生命。我近來幾乎是不願意去探望垂死的病人，因為正如作家李長之所說的：「同時我一向也有一個偏見，就是認為探望病人固然是好意，但假若抱這種好意的人太好，在病人的精神上便不免是一個難堪的負擔。」當然更不想去出席什麼訣別的儀式，樂意在心頭保留著死者生前的容光。

捱了無量數的日月，固然是苦多於樂，一如智者的臺靜農先生所謂的，「人生實難」，然而也還有值得繫念的歡樂。如果能夠帶著這快樂的幸福離世，最好。只是多數不過幻想，要捱受多少苦的折磨，這才痛苦地擺脫了這人生。結果死的悲慟自然更加的深刻──或者這是上帝的刻意安排，於死者堅定其捨棄塵世的決心，於尚活著的則昭示了人生之苦。對於備嘗了痛苦的垂死者，無論從哪一方面考慮，我們都希望他（她）早點擺脫痛苦，獲得永生。可是偏偏

的，在一種世俗的習慣左右下，往往更多的垂死者，只能是嘗盡了苦頭之後這才離開了這個世界。給生者和死者（如果有靈魂的話），都留下了遺憾。

她在電話裏以近於哭泣的聲音，訴說著痛苦，她艱難地說：「我，才，明，白，人，生，如，夢……」我能說什麼呢？

二

我們應該算是同學，雖然她的年齡大我許多，也沒有共過一天窗。大約是上世紀的八十年代中期，因為讀本科的緣故，我們這些素不相識的人，聚到了一起，算是學習小組。這時她來了。關於她有若干的傳說，似乎集中在一個神秘上。好像她在同學的通訊錄上特別地注明「謝絕來訪」。但人來之後，一接觸，除了略有些嬌小姐脾氣之外，並不怎麼的怪。相反倒有許多的人情味兒，比如每回她都會刻意地帶上一些食物，與同學們分享。那是一段令人難忘的美好時光，大家沉浸在一種歡樂之中。

那時她容光煥發，顯得比實際的年齡更為年輕。曾見到她的一張年輕時的照片，那東方閨秀的靜嫻，很像女作家凌叔華。坐在二〇〇六年的夏天，汗流浹背地去回憶近二十年前的那個同樣炎熱的夏日，已恍然如夢。依稀的歡樂猶然，只是人事早非了。不但我們已星散，而心境也迥然大異了，何況其間更有令人愀然的不堪。就在二〇〇五年以前，我們幾位同學就約齊同到福利院去看望其中的一位最年長者，也不過六十幾歲，可是生活已將他折磨成了一個蒼

然老叟；更可怕的是，那精神狀態，十足的行屍走肉。據說這二十年，他患上了極嚴重的精神病，後來相依的妻又車禍死去，人生的無常使他喪失了活下去的勇氣。這時，她的精神狀態已不甚好，因為怕刺激她，我們故意沒約她。後來她不知從哪兒聽到，就一直念叨著，要找時間去探視，這在當今這個人情冷淡的社會是很少見了。她的善良可見一斑。約在五六年前，也是近夏的日子，她從同學處得知我生了一場大病，竟破例坐三輪車，爬上我住的八樓來探視，這份殷切之情令人感動。已過了中午十二時，她謝絕我的挽留，執意回去。我為她雇好三輪車，付了錢，交代三輪車工友載到某處。後來得知她又多付了一倍多的錢。她說：「大熱天，看他踩得遍身的汗，太辛苦了。」

　　她的善良是天生的，也可說是基於家庭的薰陶。隱約知道，她出身有錢人家，她的聰明伶俐，與乎嬌弱，讓父母愛如掌上珠。可是這也使她不解世事，彷彿生活在真空裏，所謂愛之實害之者也。我常常惋惜她的滿腹才華，始終得不到一施的機會。說沒有機會也不盡然，曾經上世紀九十年代初，她以一篇論詩僧蘇曼殊的文章征服了中大教授，幾位先生惜才，多方設法，向電視臺及報紙力薦。可惜都不成功，這其間她本人的不善與人相處，或謂過分單純的性格，該是很主要的原因。我曾勸她寫作，可惜這十多年來，由於迭遭父母亡故，她陷入了一種極嚴重的精神臆想之中，大好的時光就這麼蹉跎了。約在兩三年前，她說開始去老年大學學畫畫。我很為她的振作而高興，我說你要給我畫一幅畫。她欣然應諾。我期待著她的畫，可是等到的卻是這垂危的不幸的消息。

三

　　文章寫到這兒，似乎該結束了。因為彷彿從來沒有這麼的累，這不長的文章卻寫了近一個星期。這其間有沉重的哀痛，但更多的是惋歎，對一個聰明的生命的惋歎。不錯，她也已活過了六十，也不能算夭。但在我的心裏，總以為她如花還沒有真的綻放，就已萎謝了。

　　自己結束生命的青年學者胡河清說：「死是世界上最簡潔也深刻的事，人之將死，矯情虛飾的俗態必消失無剩。」看來我的這篇無用的文字於她也算是一種「矯情虛飾的俗態」，必也很快地消失。

懷念一位詩友

　　這一個月，俗稱春季，氣候總是乍暖還寒最難將息的，濕悶異常，好像算得是多事的時候。木棉花灼灼奪目，是攝影者眼中的美景，於我沒想到卻成了莫測之厄運。怎麼說呢？妍麗的花掉落，在濕滑的天橋上成泥而未能護得花，倒害得我跌倒，結果腿骨跌斷了，由健步者成了纏綿床榻者，心情之惡可想而知也。偏又有不幸的壞消息接踵傳來，而七十九歲的吳民耀先生謝世就是其中之一。

　　我與吳先生接觸不多，不過有數的幾次，都是在顏烈先生主持的「詩沙龍」上，好像也不該由我來寫什麼憶念的文字。但記得去年（二○○六年）有一次，吳先生於會後把我拉住，懇切地說他要出一本詩集，希望我寫點評述的文字附在集子上。我很覺得猶豫，固然因為較忙，但也不想為他的詩花費更多的筆墨，只好敷衍了之。為什麼不想多花筆墨呢？說實話，自己並不喜歡他的詩，始終尋不著感覺，而他又是一位於自己的作品特別較真的老人，要評說措辭是比較難的。但撇開其詩，寫寫他對詩的執著癡迷，還是很感人的；尤其據說他罹過惡疾，依然保持那份達觀的胸襟，就更難得了。可是後來因循於事，自己只是在涉及「詩沙龍」的若干文章中，略略提及，單獨的鄭重其事的成篇文字卻沒有。以後幾次的碰面，

76

他似乎忘記了，並不曾提起，這更助長了我的懶惰，總想還有時間吧。可是，這回卻因了他匆促的離世，使我萬分的抱歉了。

那天詩友打電話給我，說老吳走了。我有些不敢相信，因為僅僅一個月前他還是好好兒的。但這是事實，說是幾天前還打電話說，今年（二○○七年）端午的詩人節他寫了一首紀念屈原的詩，想在《汕頭作家報》上發表。孰料某一個近日，與老伴約好一同上街，等老伴準備妥當叫他時，卻已恬然入睡了。這樣的死，正是通常的所謂善終，真是幸福，於是想到知堂老人有一副輓聯之下半，移來輓他恰好，曰：「如此死法，抵得成仙。」果然一位知聞其喪儀的詩友後來告訴我，其老伴很平和地說，他是信佛的，這樣的逝去正是無憾。但願如此，不過就我所知，老吳還是有所遺憾的。他一輩子癡情文學，出了幾本書，心中很想有機會參加廣東省作家協會，年前省作協迎春慰問團蒞汕時，市作協林繼宗主席也在會上爭取過，似乎已有特別批准的允諾了，可惜天長命短，竟是差了這麼幾個月。令人不免由此而興悵惘之喟。

雖然與他見面的機會不算很多，但留下的印象卻很深刻。其一是他於作協，以及「詩沙龍」的熱心，幾乎看成了自己的事。一次在討論「詩沙龍」五周年紀念時，他慨然提出資金的資助，後來把得著「桑梓文學獎」特別獎的全部獎金，都捐出來當作「詩沙龍」的活動經費；據說這屆的「桑梓文學獎」的經費也是他努力爭取來的。好像還有為作協爭取更多活動資金的允諾。由此可見這是一位怎麼可敬的老人。他的熱心，當然緣於他那對文學的癡情的愛，他把文學當成了人生的一種執著追求，按說這個年齡了，頤養天年，盡享天倫之樂，也能幸福，可是他不，如他在詩裏說的，「避開卡

拉 ok 的喧囂／厭看熒屏上如粽球剝開竹葉的酥胸／華燈初上步入詩沙龍／吸一口書香／啜一杯芳茗……」因為癡情的熱心，這就有了其二的近乎固執的執拗，有一次「詩沙龍」活動，詩友忘了通知他，他顯得很不高興。那時我們並不理解，以為沒什麼大不了的。如今思來，竟是多了幾分理解的懊悔。像「詩沙龍」這樣的詩友聚會，於老吳這樣的老人，其實是十分珍惜的，他曾坦率地說，他很期待，這是他的一種人生的寄託。這種心情，似乎到今天這才讓年輕的我有了幾分體會。又有一次，討論他的詩，他表現出了相當的激動，好像一個受了委屈的孩子，很認真地爭執著。我們從旁看來，都為他的近於孩子的天真感到好笑。猶記得二〇〇四年底「詩沙龍」慶祝三周年時，他不但熱心約請專家朗誦，自己也登臺朗誦，那天他穿條紋西裝，結領帶，頭戴鴨舌帽，容光煥發，感情很充沛。朗誦的是他自己的詩，是對生命的體驗，記得把生命比做一塊蛋糕，雖不斷地被蠶食，但他說我要奮起抗爭。事後他很得意，專門託詩友找來一張《汕頭都市報》記者拍的照片，放在自己新出的詩集上，作為紀念。又據一位專寫短小說的文友說，老吳曾私下與之說，汕頭寫短小說的只你我耳。其自負如此。這其實都正是他率真可愛的人生態度的表現。

現在是遊戲成風的年代，即是搞文學寫詩的，也不乏當它是遊戲與消遣，有幾個當真呢？但吳民耀先生不然，他是認真的，甚至在性格中還有一份很自恃的執拗，這在當今的浮躁的社會裏，既是難得，也多少顯出了若干堂吉訶德式的迂闊與天真，如此的人，可惜已經越來越少了，能不令人慨歎乎？

來燕榭裏讀書人

　　來燕榭主人，生於一九一九年的黃裳先生，耄矣，但仍筆耕不輟，時不時有精妙之作面世。最近，《珠還記幸》修訂本、安徽的「黃裳作品系列」問世，雖非新著，仍為廣大讀者所喜歡；而封存了五十年之久的「新著」——《插圖的故事》，更是惹人矚目。像黃裳先生這樣始終擁有一大批鐵桿子讀者的，無疑是十分幸運的。鄙人其實也是黃迷之一，不但購藏了皇皇的六卷本的《黃裳文集》，更不嫌重複地收藏有他諸多的單行本。我也是一個舞文弄墨者，有時不免如此想，倘也有讀者這麼對我該是多麼幸福的事。當然我尚不至於不知天高地厚到敢與黃裳先生匹比的地步，這點自知之明，我還是有的。

文采風流

　　手頭剛好有一篇文章，其中竟然就有李輝對黃裳先生的評價：「（黃裳）文字中飄逸而出的書生氣，堪稱散文寫作的典範之作。無疑，在『五四新文學』的散文從傳統向現代轉換過程中，黃裳的散文精神是充溢著人們在唐詩宋詞元曲明清小說中可以領略到的

那一種文人風流。」然而，這好像僅僅是指其散文而言，至於他的人，據見過者言，木訥而寡言，絲毫未見倜儻。孰不知，這正是書生氣質之表現。

何況所謂木訥而寡言云云，不免流於皮相。因為黃裳先生，並不是藏於書齋的作家學者（固然其學識也當之無愧），而是曾天南天北旅行採訪的記者，也曾從過軍。究竟是風雨幾番渾經慣，只是如今已多少有些負暄南窗閒看雲的況味了。

說來年青時的黃裳，雖是大學電機系出身，偏是骨子裏彌漫著傳統文人的意氣，由一句「留得殘荷聽雨聲」，進而喜歡上了李商隱的詩，神魂顛倒，甚至最初的集子，也因了那句「錦帆應是到天涯」，而取名曰《錦帆集》。旖旎之至，然而那些溢滿青春的鬱鬱蔥蔥的文字，多數是他流浪昆明等地的記錄，他說在昆明的茶樓上，「看著窗外的斜風細雨，打了傘在青石道上走著的女孩子。松子，桃片，黃黃的竹子的水煙筒，如此親切又如此遼遠……」悵惘的思緒，其實遠不止於緣自眼前，更來自於悠遠的那縷懷舊的情愫。即使年青時代，熟悉歷史的黃裳，就往往在昆明、金陵之類蘊涵豐富歷史文化的城市尋尋覓覓，尤其晚明清初的雨絲風片，在興廢中閃爍，蕩起了黃裳內心的多少漣漪。這就是他筆下獨具的魅力，飽含著的歷史文化意蘊，在沉重唱歎中飄逸出絲絲縷縷的雋永風情。

對晚明清初的歷史，黃裳一直保持著盎然的興趣，這成了他搜書的主題；直到老年，他依然執著於考證柳如是、陳圓圓、張岱、吳梅村、金冬心、朱彝尊等人的本事，甚至寫出勾勒探賾清代文字獄的《筆禍史談叢》。由於他珍藏有許多明刊，文章考證得翔實，

有理有據，然而又是散文，斷非八股文式的學術文字，這類文章於學識之外，更搖漾著脈脈的韻致，實足賞心悅目也。

癡書藏書

於散文家外，黃裳先生更有一雅號謂藏書家。這是名至實歸，絕非浪得其名者，一代學界泰斗錢鍾書戲贈其聯云：「遍求善本癡婆子，難得佳人甜姐兒」，雖諧諧，其醉心於書卻可見一斑。據說「文革」期間，抄書卡車來而復去若干車，僅國家二類古籍就有八百二十八種，二千一百六十冊，藏書之富可見。這都是他孜孜不倦巡遊於舊書店、舊書攤之所得。其癡迷於書已跡近於執拗了，有一件細節見諸其〈前塵夢影新錄前記〉，謂當書被抄時，其於地上發現一本魯迅譯的《死魂靈》，「忽然產生了貪惜之心，就請問這一本是否可以留下給我看看」。當然不行，最後留下了一本《毛選》，及有關胡風批判的《按語》。其弦外辛酸滋味姑且不言，只是這不識時務的嗜書行徑，就十足暴露出了黃裳書生的呆氣。

在黃裳的集子裏，有不少有關訪書及書人的文字。幾乎是以一種津津樂道的口吻，他敘說著訪書的經歷；混合著快樂的艱辛的訪書過程，最是吸引著我，「冷攤負手對殘書」，舊書店總有那麼一種寂寥的情景，然而那堆疊著的帶著灰塵，還有濃濃的霉味兒的古舊書，總是那麼醉人。徜徉於故紙堆，不時有所獲的歡樂，即使歷經許多的年月，依然深深地銘印在黃裳腦海。如今或因舊書行情見長，舊書店寥落，或因年齡緣故，黃裳已很少逛舊書店了，但舊書

舊書店的情結依然盤踞在他心頭，一有機會，比如去南京，就在書友的陪伴下到舊書市場朝天宮狠狠地逛了一回，那份癡書的情愫竟如窖藏的酒，彌發地芬芳。

老年的黃裳，更喜歡的或者是坐在來燕榭裏，翻讀著那些古書，用筆在書前書後留下些淺淺深深的墨痕。或感時傷事，或回溯得書之樂，或言版本計源流，兼及紙墨雕工，已臻品書的境界；而留下的墨痕，就近乎傳統文化中所謂的題跋了。

滿子不老

何滿子這名字容易就記住了，因為有一句唐詩：「一聲何滿子，雙淚落君前」。何滿子是一種詞牌，大約調子屬於淒切一類。難怪其老伴，在痛定思痛之後的晚年調侃他：「你的名字把我害苦了。你好端端姓孫，孫權的後裔，有什麼不好，偏要改姓何，還同什麼詞牌名掛鈎……多不吉利呀！」這固然多少有些玩笑意味，其實亦正反映了何滿子大半生來的坎坷，但一切都挺過來了。其詩曰：「生涯背道不離經，水複山重草木明。行到荒崖終有路，朔風掃地已凝冰。」樂觀而不媚世的傲骨清晰可見。難得的，霜刀風劍的磨礪，倒使何滿子益發地堅韌，尤其是思想更堅持一種獨立性，絕不附俗阿世，並且至老不減。

思想性雜文

滿子先生一九一九年生，今年已是八十七歲的老人了（滿子先生已於二〇〇九年去世），可思想一點不顯老，有時甚至帶著一種天真的執拗。譬如他在近日致筆者的信中，就對眼前的張愛玲熱深致不滿，說：「漢奸文人胡蘭成老婆張愛玲，此乃附逆文人，近年

雖有無知人們吹捧，但此類鴛蝶派兼而風派文人，且又附逆，實不值一提。」他極其反感那一句時下很流行的，「其人可廢，其文不可廢」的話。在他看來，人與文是不能截然分開的，其人劣文亦不足取，這所謂的不足取當然主要是指思想方面。這當然有一定的道理，但好像也有些矯枉過正。不過這就是何滿子，一個憎愛都非常熱烈，耿直率真的可愛老人。

何滿子思想的獨立性，當然緣於自身性格上的正直，這使他嚮往進步，趨於革命，也使他崇拜魯迅，並接受其人格魅力的感染，進而熱衷於雜文的寫作。他的雜文創作開始得很早，幾乎與其文學生涯相始終，固然是針砭時弊，嬉笑怒罵，但我以為最吸引人的，還是其強烈而犀利的思想性。在何滿子的文章裏，我們感受不到一絲半點的含糊其辭，都是帶鋒芒的愛憎，每一次的閱讀，對於我都是一種心靈的震撼。

曾經在某個時期，有人懷疑，甚至聲言魯迅式的雜文已經過時，這包括那位魯迅最信任的馮雪峰。那是政權鼎革之初，懷著一種美好的心願，以為世界從此充滿了光明，除了歌頌之外，再也不需要獨立的思想了。倘真如此，當然最妙，畢竟誰都想做一隻百靈，有誰樂意當惹人厭的烏鴉呢？然而歷史並不按照我們的良好願望發展，即使到了今天，這社會仍有不盡人意之處，甚至不乏落後醜陋的東西，某些魯迅所深惡痛絕的封建性的東西，非科學的東西，並未因為政權的更迭而銷聲匿跡，反而根深蒂固地盤踞在人們的腦子裏，在某種層面上，印證了那所謂魯迅式的雜文已經過時了的話，是十足的天真的想法。

在人們爭鳴雜文的合法性的時候，何滿子已默默地以自己的雜文創作，來彰顯雜文在今天的思想和藝術魅力。他的雜文，因為其獨立的思考，因為其博洽的學識，就常常呈現出一種獨特的個性，在某些方面上，更接近於隨筆，頗有魯迅《病後雜談》之韻味。筆下有史、有識，也有犀利的思想性。

如果我是我

何滿子的一本雜文選集，用了一個十分有趣的書名，叫做《如果我是我》，這明顯要比時下通行的「我是XXX」有意思得多。那麼，何滿子僅僅是雜文家嗎？不然不然，年輕時他是天南地北漂泊的新聞人，後來他是學者。博覽群書成就了他，他不少的學術著作都曾是發行很廣的暢銷書，一部由他選注的《古代白話短篇小說選集》，初版就發行了一百八十七萬冊。他撰寫過不少古典名著的評析文章，最近筆者就看到他的《何滿子圖品三國》出版，這種趨熱未必是其所願，是出版社借機推出的舊作。此外還有關於酒文化的，關於中國愛情小說與兩性關係的，很雜很廣，但他好像信手拈來，都說得很專業。

他的雜文，正是依託這雜且廣的知識積澱，筆者曾讀過其一篇〈纏腳陋習與文化逆流〉，由古及今，由中而西，既有淵博的學識，又有敏銳的思想；說理清楚，又從容不迫；有自己的觀點，又不露出嚴厲的聲色，已明顯地臻於老辣之境。這是深厚的學養，與漫漫的時間打熬出來的工夫。

　　坐在滬上的一統樓（何滿子的書齋）裏，滿子先生資訊絕對地靈通，豈只是眼觀四面，耳聽八方？外面的精彩不時激起他的創作慾望，他寫的是針砭的雜文，但內心卻對這個社會，今天和明天都充滿了希望，他說：「逆流畢竟是逆流，人類畢竟有大量優美的文化積累在，有理性的人畢竟通過比較，分辨精華和垃圾。」

關於胡蘭成

　　總想說說胡蘭成，心裏總怕說不好；一耽擱就是幾年，現在終於落筆了，是不是已經有把握說得好了呢？難說。因為像胡蘭成這樣已是釘在歷史恥辱柱上的民族罪人，本身就既複雜又敏感。著名雜文家何滿子在致鄙人的信中，連當前的張愛玲熱都深感不滿，遑論胡蘭成？之所以想談談，其實也只是想對由張愛玲熱而引發的胡蘭成熱做一番思索。

儇薄文人

　　可以說許多人，包括區區在內，知道胡蘭成，並進而讀其文章，都是緣於那個張愛玲。記得最初讀的也是那篇與張氏有關的〈民國女子〉，這是其《今生今世》中的一章，為其與當前迥異的嫵媚，與乎轉折迴旋的文字所誘惑。記得當時頗為其對張氏的那份激賞的知音感情所感動，但後來讀了全書，這才覺得自己上了當。就是這一位剛剛還與張愛玲山盟海誓的才子，「願使歲月靜好，現世安穩」之話未歇，已與另外的女子卿卿我我了。不得不佩服胡蘭成聰明的糊塗，他的文字極見其妙，這好像是一種游移，而又深深地浸淫於

87

傳統文化中的文字，從來就沒有清爽過，卻往往能於沉重處一化而為輕靈，即所謂化重為輕。眼前一團的花團錦簇，七兜八轉，結果自己所做的一切，小至移情別戀，處處拈花惹草；大至成為漢奸，都是一種無可奈何，即所謂的「順以受命」。比如其髮妻病重至死，他不是守護其旁，而是選擇極不負責任的逃跑，在俞家一住三天。這倒亦罷，偏自說了一大篇的文字為自己解脫，結果無情竟是無情得真好，終至於贏得了時人及後人的欣賞式的理解，儇薄也儇薄得親切，結果儇薄文人，竟是「一面是心中大悲，另一面則表現為混世魔王。中國文化的精髓，我以為必須有『混世』二字。」（尹麗川語）令人奇怪的，這話並不是譴責，讀來竟像是充滿了欣賞的口吻；聯想到了當時張愛玲對胡的負情，竟是不忍一責，還趕去溫州探視，並留下了一筆錢的行動，我們似乎有一種啼笑皆非的感覺。

胡蘭成當然不屬於糊塗的人，他屬於極其聰明的滑頭。還是其許為知音的張愛玲瞭解他，在兩情相悅之際，張滿臉含笑說：「你怎這樣聰明，上海話是敲敲頭頂，腳底板亦會響。」聰明使他恬不知恥地游刃於諸多女子間，偏你還不能責其用情不專，深諳中國文化的精髓的他自有一番令人恨他不得的說法。這運用於情上，其實不值得稱賞，自命風流，實則儇薄，其人品之劣可想而知。偏有許多女子甘為所騙，包括所謂的後來者，聽口氣好像還遺憾沒有碰上呢。難不成正應了那句流行如風的話：「男人不壞女人不愛」？

人文俱廢

　　國人對漢奸可謂深惡痛絕，明人在廣東崖門元初張弘範志得意滿地書寫下的「張弘範滅宋於此」的岩石上，極其巧妙地添補上了一個「宋」字，結果成了「宋張弘範滅宋於此」，褒貶之意自在其間，也算是另外的一種「流芳千古」。漢奸文人胡蘭成自著《今生今世》之類，故意不寫政治，專注風月，好像煞費苦心的一種聰明，並輕描淡寫說：「我是政治的事亦像桃花運的糊塗」。其實不過此地無銀之類，益發地證實其可鄙。

　　近些年來，由於時間淡忘了一切，包括歷史上的國仇家恨，就有後進者套用評周作人之法，對胡蘭成也來個「其人可廢，其文卻不可因人而廢」。（江弱水語）好像是一臉子的歷史判官的公正，其實這不過一種掩耳盜鈴。即如周作人，我們所欣賞者也是其投敵前之作，至於其投敵間，乃至投敵之後的那些喋喋不休的，為自己落水曲為辯解之辭，我們也不會去加以關注的，因為事實是任何言詞所遮掩不了的。即如胡蘭成，所謂糊塗不獨是其為人，也是其為文之匠心所在，糊塗也正是其絕頂聰明處。結果連以敏銳著稱的止庵先生也誇其文章，「覺得天花亂墜，卻也戛戛獨造；輕浮如雲，而又深切入骨。」、「胡蘭成堪稱就中翹楚，確實絕頂聰明，處處鋒芒畢露」。

　　應該承認胡蘭成是善文者，其中有那麼一種蝕骨銷魂的韻致，但如釀製鴉片的罌粟，美則美，卻有毒。很奇怪的是，歷史上不少

大奸大惡者，如秦檜、嚴嵩、阮大誠者，據說都做得一手好文章，不幸的是，古人沒有發明什麼「其人可廢，其文卻不可因人而廢」的妙論，結果妙文紛紛湮沒，也活該秦檜們倒楣，誰讓他們生不逢時呢？只是倘都如此，則歷史還有是非觀念了嗎？

　　文即人言，人之不善，文何能坦蕩，結果胡蘭成就只好在「朦朧」與「難懂」上做足了工夫，一不留神就讓人上了當。於是這一位無恥的文人就有機會偷著樂了。

閱讀木心

木心其人

無疑地，木心這名字對我們是很陌生的。也難怪，這位木心先生，一九二二年生，上海美術專科學校畢業，一九八二年即遷居紐約。雖說文學創作很早，在那場舉世皆知的浩劫中，他有整整的二十本心血之作被毀，卻絲毫沒有挫傷他對藝術及文學的熱情。出國之後，他重續文學之夢，在國外及臺灣發表了許多精彩的散文。

他曾說：「我是帶著歐洲出來的呀！」這就說出了他獨特之處。與其他的中國作家一樣，木心自小就浸淫於傳統的中國文化，是具鮮明的中國風骨的作家。但他又遍覽所能到手的世界名著，尤以福樓拜為文學導師，服膺「歐洲文藝復興」時期的達文西。因此，歐洲對他來說絕對地並不陌生，他是帶著歐洲的文化前來尋根的。

當然，在去歐洲之前，木心是沉寂的，包括那顆心，他的身心甚至備受生活的折磨，痛苦的歷練，彷彿就為了成就後來的文學的木心。那段日子對於木心是刻骨銘心的，但他並沒有消極地等待，在囚禁於積水的水窖裏時，他仍堅持就著一盞小小的桅燈作曲，心

中竟充滿著無畏，「即使獄卒發現了，至多沒收樂譜，不至於請個交響樂隊來試奏，以定罪孽深重的程度吧。」那麼悽愴的情景，居然如此不失幽默、達觀。

畫家陳丹青說：「木心可能是我們時代唯一一位完整銜接古典漢語傳統與五四傳統的文學作者……」由於是學生推崇老師的話，就不免帶某些誇大的成分，但木心的散文獨具個性，迴異於時下的許多作家的散文，則是誰也無法否認的。

木心其文

感謝廣西師範大學出版社為我們出了一本《哥倫比亞的倒影》，讓我們得以窺視木心散文的概貌，雖是冰山一角，卻已多少略有所獲。這是怎樣的一種文體，好像並不晦澀，但極具張力，必須不斷地品嚼。有人評說他的文章「精密、精確、精美」，甚至說在中國的古今散文系列中，找不到同類型的模式。其實，木心的散文絕非天馬行空式的文字，它深深地紮根於中華文化的沃土。只是他不拘泥，不固步自囚，或許因為身居異國，從外面來看中國，就具一種世界的觀點，這使他所見到的更多，也可以說視野開闊，對傳統的文化就頗有獨到之見解。如〈九月初九〉，是站在異國的土地來觀照中華文化，作者依託自己淵博的傳統文化學養，短短篇幅，橫貫三千年，由《詩經》楚辭而下，儒佛道並舉，觀照的不僅僅是人與自然的關係，更是那「先天下之憂而憂，後天下之樂而樂」的思想。難得的，如此在他人筆下必然嚴肅得讓讀者死於筆下的話

題，在木心先生的幽默輕鬆的調侃下，層層推進，始終氤氳著一份濃濃的文化鄉愁。而這鄉愁的推演也足夠讓那些道貌岸然者大跌其眼鏡，是由此而彼，從不同的文化的對比中切入，如說，「歷史短促的國族，即使是由衷的歡哀，總嫌浮佻庸膚，畢竟沒有經識過多少盛世凶年，多少鈞天齊樂的慶典、薄海同悲的殤禮，尤其不是朝朝暮暮在無數細節上甘苦與共休戚相關，……那裏的人是人，自然是自然，彼此尚未涵融尚未鍾毓……」跌宕的文字，於人們慣常的文字運用中超越出來，一種新鮮的郁郁蔥蔥滋潤著我們。

說木心的文章有深邃的思想性，不如說他的文章流蕩著機智，當然這不等於說他的文章缺少思想。所謂機智，即是一種好像不著力，實則處處見其匠心的巧妙。有不少時候，他好像說了許多的題外的話，或許有人以為這是「離題而作」，其實卻正是木心為文的匠心。他的閱歷太豐富了，思想太活躍了，他不願意就事論事地兜圈子，那太看輕讀者了，他想尊重讀者。因此，他的文章的結構是如網撒開來，當然最後總是歸攏，包了圓兒。

木心的文章還有一個特點，即感情內斂、意象豐贍、思想冷峻，如〈明天不散步〉中說，「如果孤居的老婦死了，燈亮著，死之前非熄燈不可嗎，她早已無力熄燈，這樣，每夜窗子明著，明三年五年，老婦不可憐，那燈可憐……」冷靜的文字，如霜刀風劍直襲人心。「老婦不可憐，那燈可憐」，出人意外的語言，弦外飽含著諸多的誘人遐思的意象，細味分明具一種欲哭無淚的撼人力量。說木心思想冷峻，但在冰冷的文字之後何嘗不亦隱隱跳動著一顆炙熱的心。

　　思想冷峻，眼光含著嘲笑，語言輕鬆幽默，這都是因為木心先生把自己定位在一個旁觀者的身份；但旁觀不是消極。人浮沉於塵世，是個中人，但何妨時不時地脫身世外，以旁觀的眼光去看這世界，往往就會有另外的一番穎悟，木心的散文的妙處也正在此。

大家風範

黃裳先生

　　對於大家風範，過去的理解不但不深，好像也有偏頗。似乎一切以名氣為衡量，名有大小，鼎鼎大名者，當然是大家了。這似乎頗有點道理。其實正是似是而非。給我矯正的是近日收到的一封黃裳先生的來箋，——說近日或許也有點不準確，這信是（二〇〇七年）七月一日寫的，只是由於我的腿傷，一直拖延到近日才收到。這封信的來由，應該說說，我拜讀了先生新版的《珠還記幸》，其中收集了張元濟以迄楊絳，數十位學人作家手書的詩箋、題詞，是黃裳先生青年時期興之所至的一種盛舉，說是一種青春的浪漫也無不可。浩劫間，這些詩箋同他所庋藏的書，全都遭了厄運，被強行抄走了。雨過天晴，僥倖這些紙片，除少數外，竟是無恙地回到了他手中，這就成了這本《珠還記幸》的寫作緣起。圍繞這些手書，黃裳先生以灑脫之筆，敘交情，品書藝，記風神，讓人於郁郁的墨香中得晤前賢，並由此而見出他們的道德文章。這本書自有其價值及存世的意義，我也不想多說。我想說的是與我有關的，即因此書而引發了我的貪得之念，想請黃裳先生給我也寫一紙詩箋留念。

95

　　說來自己也曾與黃裳先生有過翰墨往還，最初大約是本世紀初，當時一家報紙託我向一些文學名家，徵集文學副刊版的刊頭書法。因為仰慕黃裳先生，——當然從醉心其文章開始，雖與其素昧平生，就也把他列入。知道他已是八十多歲的人了，又是大家，依自己平時所接觸的所謂名人，恐怕會杳如黃鶴。當時發了若干封信，記得黃裳先生之外，還有何滿子及憶明珠諸位。孰料，不久都寄來了。光說黃裳先生，刊頭之外，附有一信，語氣謙遜得出乎意外，謂：「我已十年不親筆硯，只能以墨水筆塗鴉，聊寫一箋，如不合用，棄之可也」是藍黑墨水鋼筆，寫在一張學生練習簿紙上，隨便中有一種瀟灑的風神。刊頭立即鄭重轉去，信就入藏我的書難齋。豈知世事難料，約時虔誠，但約到時卻極為草率，居然不登載，原因不明，也不好去問。本來作家的書法並不以書法鳴世，大多屬文人書法，個性意味極濃，大家借重的無非其文學之名耳。不過這一不登載，就苦了我這個中間聯繫人。雖然黃裳先生未必過於較真，也說過「如不合用，棄之可也」的話，我到底心生愧疚，也不知如何措辭，只好一拖了之。或者也因此在先生處留下一個不佳的印象，也只好不管了。

　　但於我始終耿耿於懷，成了一個待解的結。機會終於來了，二〇〇四年底，在文友的熱情鼓動下，我破例選了若干文字，印了一本《書邊散墨》，想起自己的歉意，就連同一本先前自印的《紙上雕蟲》一起，寄給了遠在上海的黃裳先生，借此以致歉。信很快覆來，同樣寫在簿紙上，竟是「收到惠贈新作兩種，謝謝，書中齒及拙作，翻閱之下，不勝慚感。」謙遜之風依然，而先生寬以對人的人格魅力，在字裏行間折射出來，說不感動，那是假的。似乎令我感受到什麼是大家的風範，相比之下，那些偽大家偽名人的醜態就

更不堪入目了。自己寫作的時間不短，但在文壇上混的日子卻不長，也曾目擊身經一些大大小小的名家，架子搭得好像比作品更大，自知是蕞爾小子，就常常採取敬而遠之的態度。可是黃裳、何滿子、憶明珠三位先生，好像都從未聽過自詡是名家大家，卻是公認的名家大家，身上散漾出來的也是泱泱的大家的襟度。我想，這不是自吹或他捧出來的，是靠文章所表現出來的高遠、沖淡的襟懷和坦然的人格的魅力，這才能令我們肅然起敬、高山仰止。日前，神交已久的山東作家徐明祥打電話來，這也是一位「黃迷」，在電話裏，我們談了半天黃裳，結論是，黃裳先生的文章風格能學到，他的崇高的人格卻不容易可以達到。

卻說，這回對於我的貪婪，或者說是有些過分的索求，黃裳先生沒有拒絕，八十八歲的老人，檢出舊藏的精美詩箋紙，在上面恭楷寫了一封信，他謙說，「我字寫得不好，不敢到處獻醜，如不棄，即以此箋代之，不恭之至，希不罪。」信中還齒及賤恙，不勝牽掛之情。字是以硬筆書寫，筆下依然蒼勁有力，卻雅意盎然，一點不亞於毛筆所書者。捧讀之，除了感動，就只有慚愧了。與前輩文人相比，自己所暴露出來的，是淺薄與鄙陋。面對黃裳先生，還有何滿子、憶明珠先生這樣的高山，我輩只有仰之彌高而已。

來新夏教授

近日，山東作家明祥兄出了新著《潛廬藏書紀事》，有來先生的序。這引發了我的興趣。序，如果要出書，照自己的習慣是不想

也不敢去勞煩來先生的，但卻還想請先生給我寫幾個字，結結翰墨之緣。信寄南開大學，他居然收到，即時有回函來，曰：「命書條幅頗難從命，一則五月份心臟手術後恢復需三月，尚醫囑勿多勞。二則高年目眊手顫，難寫大字。三則素不善書，春蚓秋蛇自視難以入目，僅書鏡心獻醜，尚祈鑒諒。」話說得極謙遜，慚愧的倒是我了。想想自己真渾，竟在來先生病中猶以屑屑瑣事打擾，甚是不該。來先生在小幅宣紙上寫道：「立足於勤持之以韌；植根於博專務於精。」這是他積數十年治學的經驗，也是對尚年青者的我的期待，不過我想這也可把範圍擴大到對所有青年人的期望，就把它公開了。

寫到這兒，我又該去翻他的書了，恰好是他對「且去填詞」的另外一番詮釋，也正好是對以上兩句話意思的展延，這是關於專業人才使用的思考。他說：「如把『烏紗帽』戴在適合戴的人的頭上，而讓金大俠『且去寫武俠小說』！鄭院士『且去造機器人』！讓各種卓有成就的人才都『且去』這個，『且去』那個！兩全其美，各得其所，豈不懿歟盛哉！」這是一個學者的良好願望，應該頗有代表性。於真正的學者，官與學問孰輕重，心中是自有一番權衡的。據說有位新潮記者曾為某女部長之配偶，僅是一位院士而覺得委屈時，孰料，該女部長卻說：「我這個部長，他還瞧不起呢。」不過這好像已非某些世俗淺見者所能理解的了。

來新夏教授，姓來，一個很奇怪的姓，《百家姓》裏有沒有，我不知道，但很僻的姓是肯定的。記得不佞寫過一文，提到他，一位編輯先生大筆一揮改為「朱」，結果見報時鬧了一個「狸貓換太子」。來教授今年已八十又五，是南開大學史學教授，出身輔仁大學，師承史學大師陳垣先生。六十歲前規矩研治學問之餘，「運動

員」、「啦啦隊」也當得不亦樂乎，想掙脫是不可能的，虛耗了許多光陰；六十歲後欣逢思想解放，就不甘照前生活，忽來個「衰年變法」，想「說自己的話，寫自己的文章」，嘩啦啦就一下子寫了六七百篇隨筆，編成七八種集子，為讀者如我輩者所愛讀。教授文章最引人注目的，自然是其淵博的學問，不花哨卻扎實。在來先生方面說，也是一種自我的解放，他說：「我似乎回歸到依然故我的純真境界」。

若干年來，他發在各種報紙上的文章，我是見到即讀，也買了他幾種集子。應該說還算是比較喜歡，總是覺得他的思想很新，敢於直言亮出了自家的觀點，搗漿糊的糊塗話不多。舉一個例子說明，比如他說，總想給那句著名的話：「且去填詞」，做一個淺顯通俗的詮釋，這是宋仁宗對詞人柳永說的話，卻總找不到。忽一天清晨，他居住的樓下有人爭吵，有位天津老鄉「陡地發出響亮的一聲：『該幹嘛，幹嘛去！』」他因此悟道似地恍然大悟：這不正是對「且去填詞」的最準確、最貼切的詮釋嗎？結果一本書的名字有了，叫《且去填詞》，記錄下了他的一番思索，在他多少也有些紀念意義。這麼說來，我與他也就是讀者同作者的關係，聯繫的只是他的文字。好像也未料想到有更進一步的聯繫。然而，二〇〇五年這位也是學者的來先生，推出了一部力作《清人筆記隨錄》，是「盡數十年積累之功，於耄耋之年，整理成書問世」的重要著作，即時好評如潮。這是一部嚴謹之作自是必然，不佞曾略加翻閱，書前的作者手稿影印件，豎行，藍黑鋼筆書寫，小行楷，娟秀、清麗，幾乎沒有塗改痕跡，——當然不會沒有過修改，只是事後認真地謄寫過。出乎意外的，來先生在一種陶然中持書循讀時，忽然發現了若干小

錯誤。怎麼辦？如有的炙手可熱者，就是別人指出都要力辯自己的正確；即不如此，隨大眾不作一聲，只在後來的重印時悄然地或增補或刪改，這誰也不敢說不。而來先生卻不如此，竟然在一份於知識界極有影響的上海《文匯讀書週報》上「剝自己的皮」，為自己的「未遑查對，魯莽著筆，錯下結論」自糾。本來有錯得改，這是小孩子都懂得的道理，只是一旦有了些地位或身份，就顯得頗有些難了。來先生何許人？史學權威，又兼桃李滿天下，自糾就顯出與眾不同的勇氣來。這麼做或許有人覺得於己有損，至少不太光采。也不能說這話錯，不過事實恐怕也未必全然如此，如我就更加地敬佩來先生了，當即寫了一文大加稱賞，讚賞的除了來先生，我想更主要的，是對這一種勇於自糾精神的呼喚。沒想到這就令我有了與來先生著作之外的翰墨交往了。當然是君子之交，卻讓我進一步體驗到他的摯誠和謙遜的學人風範。

閱世從容細品茶

　　近日，與一位朋友聊天。他知道我喜歡逛書店，就問我看沒看到過有《綠竹村風雲》賣。我一時反應不過來，好在很快就反應過來了。但遺憾的是這書至今未見再版，只好抱歉實告。他說從前讀過，印象極深，很想再買一本來讀。他的話給同是舞文弄墨的我，震動頗大。一個作家千辛萬苦地創作，當然希望其藝術作品，一能夠廣泛地為人所閱讀；二是流傳下去，成為經得住歷史考驗的作品。只是多數是一廂情願而已。其一尚難達到，何況乎其二呢？《綠竹村風雲》能不能不朽，現在評判為期仍早，但幾十年風雨過去，時間的更迭之後，仍有人深深地記得，而且念叨著，這就不能不誘發我的深思。

　　《綠竹村風雲》的作者王杏元，不但在潮汕地區，更在廣東，乃至全國，都堪稱著名的人物。幾年前著名作家鄧友梅、陳建功蒞汕，在座談會上，我猶親睹其對王老執禮頗恭，以此可見王老在文壇上之地位。儘管歷史及時代的風雲，造就了王杏元一代的工農作家，並把他們當成了過河的卒子，時而推至了巔峰，時而又拋跌下了深谷；儘管他們的作品或多或少地烙上了時代的痕印，但至今讀來，《綠竹村風雲》仍有其不能掩蔽的光彩，仍是深深地紮根於生活的「厚重之作」。縱使有輕狂後生橫加挑剔，卻也不能改變這一種客觀的事實。

作為一個喜歡文學的後輩，認識王杏元，最初當然是其紙上文字，是上世紀八十年代初，他與程賢章合作的《胭脂河》（後以《亂世三美人》之名改編成電視劇），其時是連載在《汕頭日報》上。我還是二十歲不到的少不更事者。當時閱讀之甜美今天仍記憶猶深，故事之跌宕是其一，而更吸引人的是其中幾位女性，簡直是描寫活了。曾有作家說過，不能寫好女人的作家不是優秀的作家。或許《胭脂河》的出現，亦正證明了，王杏元身上所具有的那種優秀作家的氣質。

上世紀八十年代末的一天，我見到了現實裏的王杏元，是一次中大（中文）自學考畢業生的活動。他應邀來講創作，居然仍是潮汕老農的淳樸，只是頗能講話，一副見慣了世面的模樣，那雙眼睛不甚大，卻透出略嫌狡黠的聰慧。談的什麼，已淡忘了。留下印象的，倒是學友劉志清所講述的目擊的真實。是關於王杏元創作《天賜》的刻苦：時值盛夏，關在一個狹隘的房間，悶熱，汗出如漿，赤膊，奮筆疾書，二十多天搞出了二十幾萬字來。據說手寫得都拿不住東西了……這使我第一次看到了作家光環背後的艱辛。

如果說那時，我對王杏元仍是遙看，一切都還是朦朧的，則最近幾年，我已是近距離地去接觸了。不少人都說王杏元平易、淳樸，沒有名作家的架子。廣東文學圈裏，如今仍流傳著他那著名的「叼毛論」，說他十分反感那種在冠冕堂皇的旗號掩飾下的，爾虞我詐的鬥來鬥去。他說，這只會耗去文學的元氣，挫傷作家的積極性與創造力。在漸漸熟悉了之後，對此我也有了些感性的印象。例如他總是勸告青年作家不要內耗，要把心都放到了創作上來；有些青年作者請教創作的問題，他也毫無保留地傾囊相授；一次詩沙龍集

會，他聽知後竟不顧天氣變化，早早地趕了過來，並當場鼓勵一位詩歌的習作者，大膽地寫下去……這時，王杏元雖已成了一個領著退休金的古稀老人，然而，作為作家，他心裏卻是從來沒有過「退休」兩個字的，他仍然有做不完的事。他擔任汕頭詩書畫文化研究院院長一職，在公開的場合上，更多地以書法家身份出現。他的字談不上碑帖規範，總是隨意揮灑，卻自具一番蒼勁、樸茂的魅力。他似乎與文學漸行漸遠了，其實呢，並不，日前筆者與其漫談，他拿出一本厚厚的《諾貝爾文學獎獲獎作品集》，饒有興趣地與我交流著。筆者更從某種可靠的途徑獲悉，他仍在孜孜地進行著一部長篇小說的創作。列入計畫的，還有他的自傳的撰寫。好個王杏元，歲月並沒有令他有衰老的感覺，他身上仍有使不完的勁，他的精神狀態仍如年青人似的飽滿。

趟過風雨的時光之河，文學給過了他歡歌笑語，時代的風雲使他享受到了超越過一個作家的榮耀，卻也使他沉落到生活的最底層，甚至飽受了牢獄之災，頗有些兒成亦蕭河，敗亦蕭河之況味。只是王杏元不悔，一個只讀了四年半書的農家子，能夠成為一名作家，這是時代給他的最大的恩賜。王杏元對此深為了然，因此他始終保持著一份堅定的信念，不管當前的文壇怎樣的主義層出不窮，他總是堅守著心中的這片淨土，堅持以手中之筆真實地去記錄時代的風雲，謳歌真善美，鞭撻假惡醜。他喜歡思索，或者他成不了思想家型的作家，但他的勤於思考，仍然對他的文學創作有很大的幫助，這使他的創作保持較好的後勁，避免了曇花一現式的厄運，也使他明辨是非，如對文壇上某些不良現象，就不時地予以痛擊。

　　生長在潮汕這片古老的熱土，王杏元深愛著潮汕。老年的他當然也關注著本土的文學，他盼望著汕頭，乃至潮汕的文學能夠騰飛。在多次的汕頭作協活動中，他總是以自己的豐富的創作經驗來輔導後進者，針對某些青年作家忽視生活的毛病，他總是強調深入生活的重要性。他或者不會像某些當紅作家那樣誇誇其談，先鋒新潮的詞兒繞來繞去，但他樸實的語言中，自有一份真誠。

　　王杏元，這位已是走進文學史的潮汕作家，不管後人看法如何，他總是當代文學繞不開的一道風景。

本色畢竟是書生

　　都是碼字兒的，本身就有一份親近，即使不能說是惺惺相惜，起碼有緣分在。揭陽孫淑彥，人不熟，但著與編的書卻常邂逅到，印象中這是一位「拼命著書」的主兒。據說至今編著已多達三十五六種，堪稱「著作等身」者。只是當今世界，這「著作等身」已非褒揚之詞，似乎是書呆子的別稱。

　　想來也是，如今金錢與享樂成了時尚，誰還耐煩讀書，況乎寫書編書，費時費力不討好，不是呆子是什麼？然而，也正是有了這些不通時務的書呆子，這才有中華文化的博大淵深，與源遠流長。依我這也算是半個呆子的人想來，當這世界只剩下了錢，再無其他時，也就要到頭了。基於這點認識，我對淑彥先生的呆氣就只有十二分的尊敬。

　　編著書外，他更樂意買書，新書店舊書攤，足跡時時印到，即使「隨遇而安」地暫寓汕頭，也不時地穿小巷逛冷書攤，搜獵心愛的圖書。看他一篇〈亦談淘舊書〉，一則以驚，其熟悉程度，令我這平時也自詡愛逛書店冷攤的土著也自愧不如；二則以喜，如數家珍之從容，令人讀之興趣盎然。

　　或許個性使然，我不大習慣於讀高頭講章一類的典籍論文，因而對於淑彥先生的潮學論文，我僅是粗覽而過。雖覺得生動，好讀，

但因為自己不太懂也就沒有多少的發言權，但據潮學耆宿蔡起賢先生稱是「廣博湛深」，「態度謹嚴，有韌勁，有鑽勁。」有前賢不刊之論在，也就沒有我這後生小輩置喙的地方了。

我尤其欣賞的是他的率性而發的散文。寫散文者，當今之世多如牛毛，但寫得佳者卻不甚多，淑彥先生堪稱個中翹楚。當然並不是說他已高到與周氏兄弟齊肩了，我想，淑彥先生也不至狂妄到不知天高地厚的程度，好在他信奉丁日昌的一句話：「作得來皆成事業。」作得來，當然不僅僅是勉力而為，還有一個做得好的問題。淑彥先生的散文正是其勉力而做得好的證明。

除了個別文字，淑彥先生筆下多是千多字的小文章。洋洋萬言固令人景仰，但縮尺成寸更顯工夫。依鄙人之經驗，小文章更比大文章難，一如短篇小說比長篇巨制更具匠心。因為長文章可以氣勢取勝，汪洋恣肆，如海如江，即使泥沙俱下也不掩其清，而小文章如溪流，一沙一石，皆清晰可鑒，故藏拙甚難。

淑彥先生的文章，好處是很明顯的。其一是真，不論緬懷前賢、恩師，懷念故友、亡妻，皆秉諸一個「情」字，情動於中，形於言，故不虛飾不浮誇，唯求一「真」字耳。如他紀念恩師蘇庚春之〈一瓣心香〉，娓娓道來，似乎只在寫實，點點滴滴，平平常常，而其哀痛之情已蘊於文中；其悼亡妻的〈愛妻高氏墓表〉，半文半白，哀而婉，約而真，悲切之情宛然，令誦者潸然。其二是自由，不僅心態自由，而且不自設藩籬，不故作姿態。行文從容，不拘一體，或文或白，或半文半白，信手寫來皆成文章，這就是蔡起賢先生稱譽的「較高境界的寫話散文」。例如寫書畫家郭莽園之〈粵東酒客‧西泠印人〉。很難以何種文體規量，酣暢恣肆，彷彿信手而書，率

意而寫，散散漫漫，卻活畫出心中之畫家，俗世的酒客。誠如起賢老人所說的，「筆下的人物不是上凌煙閣的，彷彿不經意而娓娓道來，出手也自不俗。」其三是有趣。善寫文章者，最看重一個趣字，如人，無趣則面目可憎。淑彥先生之文，妙趣橫生，做的痕跡或者還不能說全無，但卻是極少的，如〈淑彥自嘲〉、〈亦談淘舊書〉、〈書生如甘草〉，皆是讀之盎然之作。

上文說有緣分，果然。有一天就不止於讀文，更進而讀人。淑彥先生居於古邑新市之揭陽，「象賢書房」藏書逾萬卷，盈架縹緗，我很想登其堂入其室，觀而賞之，卻終未有機緣。忽然聽說其客居汕頭，立即隨友而謁其於暫寓之「隨遇而安」居。雖難比擬「象賢書房」，倒也墨香四溢，非尋常陋室可比。

匆匆而晤，話不及深談，然已留下較深之印象，想借用他的自選文集書名謂「畢竟書生」。人瘦而多骨，恂恂乎儒雅中掩不住一股落拓不羈，所謂性情中人是也。印象最深的卻是那副架在瘦削臉上的特大眼鏡。

為文之餘，淑彥先生也工書畫。書崇古，拙而雍容，氣局從容；至於丹青，郭莽園評曰：「頗得文人畫心要」，想來也已窺堂奧了。

郭紹虞詩云：「猶存三分書生氣，未泯一片赤子心」。淑彥先生是接近傳統意義上的書生，這書生好賣弄些「破銅爛鐵」，好玩賞些舊墨殘紙，且欣然陶醉，只是多半不入時人之眼，是所謂不合時宜的呆子。但正是這呆子身上的赤子情懷，令人可愛，可惜如今這樣的人物是越來越少了。

淡看雲捲雲舒

　　與潮陽文友交談，似乎總是繞不過一個名字：蔡金才。這位退休了的潮陽文聯主席，在潮陽的不同年齡層次的文學作者中，有著良好的口碑。對蔡金才，他們有稱「老蔡」的，有稱「蔡老」的，然而語氣中總透出一份尊崇的親切。借著他贈我新著《雲捲雲舒》之緣，我有了登門一訪的機會。

　　走近蔡金才，我不禁肅然起敬。這是由於他太像領導了，頭大而禿，身軀魁梧，相貌堂堂，其聲也堂堂；然而一想起他的一幅與石佛媲美的像片，幾乎和石佛一模一樣的笑模悠悠，就讓我止不住樂了起來。

　　一杯香茗，幾句閒話，我們早一見如故地聊了起來。令我驚詫的，雖然我們中間橫亙著年齡的鴻溝，卻沒能阻擋住我們的交流——這位已過花甲的文學老人，思路依然敏捷，最難得的思想竟然邁越了年齡，依然是那麼的年輕。

文學的守候者

　　生長在汕頭老市區的蔡金才，一九六〇年正當風華正茂之際，竟然背起簡單的包袱，過海到了當時還是不繁華的潮陽，從花季年

華，到老氣橫秋，一待就是大半輩子，不但把大好的青春，而且把自己的夢都留在了這片熱土。他在時間過去了許多年之後的一九九九年，飽含深情地說：「我在潮陽生活、工作已快四十年，我對潮陽的山川景物更是一往情深。我感謝潮陽這片豐腴的土地滋潤了我的生命和文思。」這是發自肺俯的內心話。

　　無論是最初的教俄語，還是後來的從事基層文化工作，蔡金才總是把自己的能量發揮到了極致。他的認真，與傾注了心血的全身心投入，給不少青年留下了深刻的印象。已是中國作協會員的董建偉，以詩意的語言回憶著蔡金才的鼓勵，給青年的他帶來了創作的力量；成了編輯的陳海潮，在文章裏更是如此寫道：「這些年來，蔡老扶植過不少文學作者，其中有的『發』了，有的『達』了，漸漸地遠離了他，但他對新一批的文學愛好者，還是一如既往地關心他們，扶植他們。」他所主編的《潮陽文苑》，成了多少愛好文學的青年實現文學之夢的搖籃，他是許多青年人文學的啟蒙者。

　　在文光塔下的那間狹小破舊的蝸居，蔡金才一待就是幾十年，然而這卻成了不少潮陽文學青年心目中的聖潔殿堂。不論是怯生生地以朝聖的眼光去仰視他的初學者，還是從潮陽走出去，已漫遊了大半個中國倦遊歸來的遊子，大家總是忘不掉那聳立如桅杆的文光古塔，以及塔下緩緩流淌的小河，更忘不了這一位純情地歌唱著的文學的守候者。

　　許多時候，蔡金才的案頭堆滿了各式各樣的稿件，他的眼前也晃動過種種的臉孔，然而不管來者是何種身份，何種動機，何種心態，他總是熱情地，不知慵倦地，努力發現閃光的亮點，讓那些未

名者的智慧得以閃爍。一批走了，一批又來，臉孔不斷地變換，始終不變的是蔡金才那一顆永遠無悔的心。

真誠的歌唱者

　　自從上世紀六十年代開始，蔡金才就以手中之筆動情地歌唱。他以真誠的眼睛去看社會，看人生，從生活中去採擷動人的小浪花，歌唱辛勤的勞動者、誠實的小販、美麗的家鄉，以及改革開放後僑鄉及祖國所發生的巨變，出版了《楊梅集》、《又是一年春草綠》等散文集。

　　由於他善良、真誠，就往往善於從生活中淘取到閃光的美麗，挖掘到動人的故事。特別感人的，當然是他抒寫父親的篇章，童年的艱辛生活不但沒有使他對生活失望，反而使他真切地體會到了生活的力量。〈父親的歌聲〉，平實而真摯的描寫，蘊含的是高昂的精神，以及面對艱難的生活，樂觀地活下去的動人的力量。

　　無疑地，父親的力量深深地影響著他，在生活上，在寫作上，他始終樂觀地、堅實地執著於走自己的路。在〈從文無悔〉中，他說面對社會的種種誘惑，他「仍將守住這寂寞的一隅。我不後悔！」

　　進入老年之後，蔡金才的文筆已日趨老辣，更多地以平實、淡致的語言去從容地寫作。難得的是退休之後，心態更為平和，而思想卻一點不老化，不但熱衷於學習電腦，更熱衷於網上衝浪，生活得有滋有味，完全是一副老來瘋的樣子。後來雖然因為眼睛蒙難，

不得不暫時選擇放棄，但他的心依然貼近生活，貼近社會，又創作
出版了新著《雲捲雲舒》。看著汕頭文壇上活躍著的許多有才華的
青年，他由衷地高興。他說：「我以為，這群年輕的文學生力軍，
就是汕頭文學創作繁榮的希望。」

女性的話題

　　在婦女解放的口號已嚷了近百年，「半邊天」也已使婦女們真正地在社會上撐起了一片藍天的今天，我們還來討論女性的問題，或者有些不適其宜了。可是並不，透過婦女在社會上風風光光的表象，我們仍然發現了歧視婦女的蛛絲馬跡：職業上的性別歧視，婚姻及性上的歧視，這似乎都可歸結於一種根深蒂固的觀念上的歧視，最明顯的表現是，男的可女的就不行，譬如再婚吧，在男性方面就總是順理成章的，有不少人，包括女性同胞都樂於牽針引線，但對於另一方呢，多少就感覺到不那麼理直氣壯了，倘若有子女的話，就更應該棄自己之欲，一心為兒女計。道理上雖算是冠冕堂皇，但誰說不是封建的那一套三從四德的思想在作祟？

　　當今社會裏，不讓女孩接受教育的情況，在大中城市及較發達的農村，已經不多了，但並不表示女性在接受教育上已取得了與男性相等的地位，且不說廣大不發達地區女孩子輟學的情況嚴重，就是在發達地區，如果有男女幾個孩子的話，家長對於男孩所關注的程度肯定要比女孩高。為什麼呢？恐怕還是由於潛意識裏的性的歧視的緣故。這似乎在日常中也通常能夠見到，如某甲最近誕產兒女，有熟悉的客問：「生了？」答：「生了。」又問：「男的女的？」生男的即興高采烈曰：「男孩！」聲音亮而高。客立即恭喜不置。

萬一生下的是女的呢，答者無力，應者也只是以「也好」兩字敷衍之。這還是在城市。而在不少農村地區，如敝鄉如今農曆正二月仍盛行一種所謂的「做丁桌」的民俗，由當年度生育男孩（即丁）者操辦，必得隆重，這也是一種誇耀和對生女者的示威。至於宗教，如佛教就說：「男女之別，竟差五百劫之分，男為七寶金身，女為五漏之體。」基督教卻曾經連女性有沒有靈魂都感到懷疑。於是，受世俗及宗教的影響，不但男子方面，女性也往往自感形穢，不少女性，尤其年齡較大的，就都以自己是女的感到不幸。有一位能詩的女性，該是知識分子了，寫詩的筆名竟取「半丁」，自甘只做一半人，亦令人覺得可奇詫也；又如家母晚年茹素念佛，有一種心願就是修來世，祈求之一就是不要再為女身。這當然無憑荒誕，可是確實存在人們的腦子裏。

男與女都是由父母攜帶到這世界來，原該無分彼此的，何況女性由於生育後代，更應該得到尊重。但千百年來，由於男權和男本性的原因，女性總是得不到應有的地位，在歐洲的中古，甚至連算不算一個人，都成問題；在封建時代的中國就更只是居於附庸服從的地位了，重重的封建禮教壓抑住女性，給女性身心以巨大的傷害，《清代閨閣詩人傳略》中記載，有一位袁淑秀，「許字庠生全鴻圖，未嫁而鴻圖卒。女時年十六，聞之即閉戶，書絕命詞一首，自縊而死。」可歎這幾乎是一種時風。在道學家冷冷的笑聲中，有多少女性可貴的生命就這麼喪失掉。「五四」運動勃興，反封建爭民主，其中一個偉大的業績就是發現了女性，譬如周作人就說過：「我曾武斷的評定，只要看他關於女人或佛教的意見，如通順無疵，才可以算作甄別及格。」

　　我曾經以為女性要真正獲得解放，擺脫歧視，首先是自己當努力以自強。因為連自己都瞧不起自己，則誰還瞧得起呢？其時鄙人以為自強，這主要指的是以下的自立。其一是經濟的自立，使你參與社會的活動，不但拓寬視野，鍛煉能力，也使你因取得了成績（與男人一樣），而增強了信心。曾見到不少女性，結婚後，就不願出來工作，專心當少奶奶，整天圍著丈夫孩子轉，連書都懶得讀，白白辜負了所受的良好教育。不錯，社會競爭激烈，壓力大，相比之家庭安逸得多了，但就真的是安樂窩了嗎？也未必然，失去經濟自立的女性，即在家庭也屬弱勢群體，一旦風雨飄搖，當然就難以自保了。其二是人格上的自重，有些女性誤解性解放涵義，在「性的解放」的幌子下墮落。其實性解放應該是指一種健康意義的男女性的平等，戀愛、婚姻、離婚、再婚上的平等，也即是上面所說的男可以女也可以，這需要女性在人格上的自重。自己行為上潔身自好，品格上健康向上，不因窮，更不因對安逸奢華的貪圖而自甘墮落，則堂堂正正何人敢小覷哉？

　　但現在想想以上這些話，還是脫不掉男本位的臭習氣，到底嫌隔膜。因為女性自強是一方面，還有更重要的另一方面，就是全社會都要破除千百年來對女性的成見，予她們自強的基礎，即是平等的充分發揮的平臺，單純的表現在同工同酬上也還不夠，因為女性特有的生理特點與男性有異，所以更需要社會的關愛呵護，以及必要的包括道德和法律的保障。譬如以上所說的某些女子婚後回家當少奶奶，並不能說都是自願的選擇（自願的也有），許多單位的不歡迎已婚女性也是原因之一。還有在觀念上，不但要有真正的「嘉孺子而哀婦人」的思想，還要給女性人的尊嚴的理解，譬如娼妓的

問題、二奶的問題，我們往往指責的是女性，說她們天生淫賤胚子，好像都是山陰公主武則天一流，喜歡欲樂。是真的嗎？在道貌岸然裏其實還是隱藏著「女人禍水」的偏見。

《管子》說：「倉廩實則知禮節，衣食足則知榮辱。」操賤業我們相信不是大多數女性的本意，是因窮或者其他種種的因素促成的。有沒有例外呢？也不能排除。不過那只是少數，卻已不足為訓了，因為自甘墮落不但不值得同情，連人格也應該受到質疑。當然單方面指責女性也還存在另外的一種不妥當。俗話說：一個巴掌拍不響。男性其實要負重大的責任，或者因為有錢有地位有身份，就有侮辱玩弄女性（自願或不自願）的權利嗎？這於現代的社會精神其實不相侔合。因為一個健全的現代世界，必然具備一種包括尊重女性在內的合乎法律與道德標準的健康的思想。

現代父親的苦惱

　　人總是有機會做父親的。除非其一堅決不結婚，其二堅決不要孩子。敝人不屬於以上堅決者，結果只好順理成章地做了父親。做了父親，似乎體會到的不是喜悅，而是無窮無盡的苦惱。

　　說這話，即使自己已是十足能負其責的成人，恐怕也會招惹來哪些屬於上輩或更上一輩的世故老人的嚴厲指責，最少也會是「不負責任」、「躲避責任」之類的指責，因為在他們看來，兒女只是我手掌心裏的螞蚱，還不是一切由我？那是一個父權神聖的時代，兒女們渴望著解放和自由，但多數是「飛蛾撲火」，最終是如巴金《家》裏的覺新們，按照父祖輩安排好的生活模式生活。這當然不行，因此魯迅們的「五四」勇士不惜聲嘶力竭地高喊：「救救孩子！」他在回答，「我們現在怎樣做父親」時，說：「便是依據生物界的現象，一，要保存生命；二，要延續這生命；三，要發展這生命（就是進化）。」這其實就指明了我們做父親者的責任。然而，在魯迅先生走了七十年之後的今天，「我們現在怎樣做父親」，依然是令我們苦惱的問題。

　　現在倒不是父權的問題了，反倒是子權的問題。當然之所以造成這一局勢，父母固不能辭其咎，但這社會的大勢所趨更是主要，個人的微薄之力往往抵擋不住，更多地被裹夾著行動。對於我們的

116

晚輩，我們希望能夠像汪曾祺先生似的「多年父子成朋友」，互相理解、溝通，但可憐的，這些「資訊化時代」的寵兒，我們是越來越陌生，時不時口裏蹦兒出來的「伊妹兒」之類新潮語言，我們剛剛弄清楚，又有什麼「粉絲」、「骨灰級」之類，令我們瞠目結舌。如何交流？談何理解？一開口，孩子們早就不耐煩地一轟而散，撇下了一臉兒尷尬的你。你拼命去追趕時尚，但追趕得上嗎？「數位移民」怎及得上哪些「數字的原住民」。這也認了，誰讓我們生不逢時。

然而，一個在孩子眼裏，十足土老冒的父親，說話還有權威嗎？當然我們也承認，自己有望子成龍的思想，這並沒有錯呀，也是魯迅先生「要發展這生命」的另一種說法。我們也明白一個三五歲的孩子，應該讓他們玩，而不應該讓他們去讀英語，練鋼琴。我也曾想過這麼做，但不幸沒能做到。因為僅僅一個孩子，我輸不起啊！瞧瞧左鄰右舍的爸爸媽媽們，忙著頂風沐雨送子或女趕赴種種輔導班，或者不惜花大價錢請來家教，我能無動於衷嗎？

每一個孩子都喜歡玩兒，爸爸們也這麼過來，能理解，但絕對不能通融，想到未來社會競爭的殘酷，連家財千萬者也不敢對兒女的教育掉以輕心。對於兒女們，我們是跪著求他們讀書，讀書讀書，只要讀書，不懂禮貌，自私，無公德心等等缺點，全都可以包容；要什麼，名牌服飾、電腦、mp3、肯德基、麥當勞，竭盡所能，都可以滿足。可是，這般殷殷苦心更多激起的是，兒女們的不滿和反抗，於是，求兒女不出走，不自殺，不走邪道，又成了我們這些父親們經常要上演的戲。

　　高投資我們並不敢妄想有豐厚的回報，什麼養兒防老的思想壓根兒沒有，因為不切近於實際。說得冠冕堂皇，我們這是盡自己上承下傳的人生責任。但真就沒有私心嗎？檢討一下，多多少少還是有的，是一種虛榮心的追逐。比如聽到別的孩子考得比自家孩子好時，我們攔不住臉兒；聽到人家的孩子出國留學，或者掙了大把的錢，當了什麼官，而自己的卻不大有出息，自己就忍禁不住忿忿不平。

　　我們父親們說的，或者孩子聽得最多的話，是「我這都是為你考慮」。然而，真的是為兒女們切身處地考慮了嗎？靜心反省，很難無愧。我們更多地從自己的角度去考慮孩子，我們怕丟臉，我們希望孩子為我們掙臉，我們甚至想讓孩子去完成我們因種種原因未能完成的夢。這對於孩子，難道是公平嗎？

　　我上面說過，現在倒不是父權的問題了，反倒是子權的問題。其實也未必盡然。在某些方面我們心裏隱隱約約仍殘存著對父權的渴望，只是現在的父權未必如從前那般肆無忌憚，或者根本就行不通。兒女們都會有屬於自己的選擇的，我們所設計的，或者未必真的適合他們。

沒有神的時代

一

　　今天怎麼了？是一個什麼時代？一個沒有了神的時代，尼采說，上帝死了。一向來人總是生活在一個有神的時代，即使沒有神，也要用迷信，神話，個人的崇拜虔誠地臆造出神來。沒有神，沒有信仰，彷彿就沒了主心的骨兒，那會是怎麼的時代？誰也無法想像。因此，當有一天某一位精神領袖，人們心目中的神，死了時，大家惶惶然，如斷了脊樑骨的狗。

　　然而，不可想像的是，曾經何時我們在已沒有神的時代已經生活了許多個年頭，這在我們這習慣造神的國度裏，該是多麼的不可思議。神死了了，我們並未跟著死去，也沒有像西藏的人們，趕快地又去尋找到了新的精神領袖──他們的活佛──而是依然活著，好像看到了自由的曙光。詩人說，不自由毋寧死。可見自由是如何的稀罕珍貴。只是在有神的時代，我們永遠不可能自由，即使在我們來說是極私人的思想也不可能，神的思想就是我們的思想，我們還要思想做什麼？只要絕對的服從、順從，與盲從。

119

　　沒有思想，但我們有神，有神代我們思想，難道不是更加的幸福？偏偏有些腦後生長反骨的角色，不安於現狀，常常希望用自己的頭腦去思想，在頭腦裏瘋瘋地生長出許多的亂七八糟的離經叛道的思想來。多麼的可怕哉！於是代神執掌著權力的人，總是千方百計地要把這些亂七八糟的東西，乾淨俐落地及時剪掉，這就是所謂的「思想改造」，一個曾經很時尚現在卻已十分陌生的詞兒。身曆過「思想改造」的，多半肉體已灰飛煙滅，倖存的少數，午夜夢回時，恐怕還會打心靈地冷顫：肉體的摧殘有痊癒的時候，只是這心靈的創痛，看似無痕，卻是刻骨銘心，是永生的顫慄。

二

　　在巴金們歡呼「上帝死了」的時候，我們卻陷入了沒有神時代的彷徨。沒有神，我們就沒了敬畏，沒了顧忌。我們可以率性所為，在高張個性自由的旗幟下縱情玩樂，讓生命在私慾的熊熊大火上瘋狂舞蹈。濫嫖爛賭，造假製偽；歌詠惡之花，抒寫醜之態；拍馬溜須，逢場作戲：心安理得。在我們的心裏，沒有神，只有錢。錢就是我們的神，我們的上帝。我的天，錢的威力無限，在這個沒有神的時代，被高山仰止，被虔誠膜拜。

　　錢據說能通神，但畢竟仍不是真正的神。我們常聽到這麼的一句話，「我窮得除了錢，什麼也沒有。」曾經很流行的話，雖說當不得真，但其中也頗有值得人們玩味之處。

　　沒有神，當然就沒有信仰；沒有信仰，這人活得心煩意亂。不錯，我們要生存，而且生存得更好，俗話說的，體體面面，有滋有味，當然離不開錢。但錢畢竟不是生存的唯一目的，即使我們天天花天酒地，紙醉金迷，可仍然沒有獲得那種幸福的感覺，反倒感到心慌，有一種虛度光陰的罪惡感。這就是許多有錢而不做事的人們心中的最大苦惱，因為他們沒有了信仰。最終他們是總會尋找一種信仰與寄託的，那就是對宗教的皈依。

　　曾見過血氣方剛時，領著一幫人去砸神像、燒神廟的英雄，臨近暮年倒成了十分虔誠的宗教徒。很難說這是一種「放下屠刀」的頓悟，或者贖罪的懺悔。我想，更主要的是，尋求一種安頓精神的寄託。是信仰使他的靈魂不再躁動，使他看到了人生的希望。我這麼猜測，但願不至於離得太遠。

三

　　說到上世紀五六十年代，許多曾身經者還是有一份難以忘懷的記憶，——按王蒙的說法：是「青春萬歲」。物質可能不富裕，政治也不見得風平浪靜，但大多數的人都活得意氣風發。雖說有點受愚弄的意味，有些盲從的朦朧，但精神卻是健旺的，因為那是一個人人有信仰，個個有理想的時代。當然不能說，這樣的時代就是理想的時代，但到底有令人留戀之處。我是說它的信仰，它的理想。現在可就是從一個極端往另一個極端發展。好與不好，有目共睹。

　　有識之士，不是沒有，譬如張承志就始終堅持著他的宗教，他的信仰，他把貧瘠而苦旱的西海固當做了澡雪靈魂的地方；還有賈平凹，他的根始終深深地紮在了商州的那一方山水。作家裘山山，十六年十度進出西藏，未來究竟還要進出多少回，誰也難說。她其實是把西藏的純淨的雪山、高原、人當作了理想來追求。

　　有理想總比沒有理想好，即使是一種宗教的追求。因為起碼使你對人生充滿了希望。神可以沒有，但理想與信仰卻任何時候都不能沒有。我希望人人心中都有一尊屬於自己的神，這就是理想，始終執著，始終敬畏。

解構瘋狂與和諧

　　據說這是一個解構的時代。有先鋒的學者口沫橫飛地闡釋著，演繹著。恕我愚鈍，對解構不甚明白，這其實正證明鄙人的落伍。查最新版的《現代漢語詞典》，其解釋謂：「對某種事物和結構和內容進行剖析。」這好像也沒什麼新奇，但看他們說的好像並不全是這樣，似乎帶著一種顛覆傳統的欣悅，彷彿置身於解構的語境下，就可以視傳統的觀念如仇，不但蔑視，更進而至於砸爛，有一種砸開桎梏的禁錮，獲得解放的酣暢。這解放不但是心靈上，更突出地體現在身體上。比如傳統上穿上衣服就意味著文明，現在呢，以赤裸為榮。於是學生赤裸著競拍下半身，謂之藝術；老師赤裸著上課，謂之藝術；詩人赤裸著挺詩，謂之藝術。在力倡解構者的眼裏，藝術竟也成了不要臉的藉口，這讓我不由得想起上世紀二三十年代的一句流行的話：「自由自由，多少罪惡假汝之名。」把自由替換成藝術，這就成了今天某些人的寫照。

　　不錯，藝術不排斥人體之美，但那是有一定的限制的，並不是凡脫光了都美；否則，街頭上流浪的光腚的瘋子，也都成藝術家了。人類的進化，是從野蠻趨向文明，從赤裸到衣冠楚楚，正是證明。西方的《聖經》裏，上帝因為亞當夏娃的識羞恥而震怒，並把這當成是一種受蛇（魔鬼撒旦）誘惑下的墮落。好像上帝不希望人類走

向文明似的，這其實是一種誤讀，上帝的意思不過是怕人類因此而經受不了欲的誘惑。然而，這也恰恰是時下社會的某些特徵，這是一個所謂的「物質生活」的社會，作為物質的慾望被煽動得旺旺的高漲，金錢被前所未有地強調。結果，包括若干精神上的睿智之士，也被攪擾得有些暈頭轉向。我們常常聽到這麼的話，「現在是市場經濟的社會」。「市場經濟」就可以成了一切為所欲為的藉口？成了不顧廉恥的遮羞之布？

人都是有慾望的，從降臨到這個世界第一聲索乳的啼哭，到最後即將離開這世界的眷戀，這是對生存渴求的慾望，屬生理上的正當要求，誰也不能說不合理。所謂的不合理，其實更多地指哪些非份的要求，乃至演繹為無恥的索取。那是貪婪，失去了理性的一種瘋狂。因此，為了這貪婪的滿足，可以公然踐踏道德、罔顧法律，把應該屬於更多人所共有的，攫掠成己有，且多多益善。直接產生的惡果是使更多的人的生命因此受到威脅，換言之，就是剝奪別人生存的權利。一個社會如果這種現象，達到了一定的程度，譬如說嚴重的程度，就是瘋狂。而瘋狂是常常與解構伴生的，因為只有把原來的正常的社會秩序，倫理道德、禮義廉恥，通通解構，慾的貪婪才有機會肆無忌憚，並達到了最後的瘋狂。

我當然不是說時下已是一個瘋狂的時代，而是說已多少可窺見了這樣的苗頭。這就是令有識者所深憂的。我不敢相信哪些一切總會好的，以及明天一定比今天更加美好的話。不錯，倘從進化論而言，這話有一定的合理性。可是它忽視了一個因素，那就是有可能出現的變數。當一個社會在解構的理念操縱下，禮樂崩壞，道德淪喪，甚至瘋狂地以恥為榮的時候，你能說它比以前的淳樸更好嗎？

在作家閻安的《關於吳旗的影像》中，我讀到了一個裂了七八個口子的，用三道鐵箍起來的赭紅色的大缸，這不是普通的缸，是當年紅軍經過吳旗（當時叫吳起）鎮的孑遺，是唯一的歷史的見證。它見證了上世紀三十年代初，有這麼一群人，為理想主義所鼓舞，執著和堅持地高舉著理想的旗幟，甚至不惜以寶貴的生命來維護。這是怎樣洋溢著樂觀精神的純潔的人。他們的理想主義的光輝，照射出了我們今天平庸的蒼白。物質上他們是一無所有，但精神上他們卻是十分富有的。與他們相比，我們的物質享受是怎麼的奢侈，而精神卻貧乏到非以顛覆傳統，背離正道不足以言樂的瘋狂地步，這是怎樣的判若雲泥的境界。

如今我們正在弘揚一種和諧的社會氛圍，和諧正是針對瘋狂與解構的。和諧說白了，其實就是合法合度，就是有序、協調，使人們安居樂業，社會安寧祥和，這當然就不容許任何對慾望無止境放縱的瘋狂和解構，我們希望和諧，我們相信和諧的社會才能帶來無上的福祉。

靜夜斷想

夜涼如水，熄滅了燈的夜，黑暗的靜如猙獰，四面八方地包圍過來。應該會感受到一種壓迫的力量，可是沒有，倒有些輕鬆的欣然。已經很長時間沒有享受到這份靜謐了。

就這麼坐著。窗外有月朗著，黝藍的天空，散落著稀疏的幾顆星星，胸襟不由得為之開闊。四周甚靜，曾經的喧鬧已墮入無邊的黑暗。夜在夢囈中漸漸地展開，妻兒也都尋夢去了。不過，卻也好，沒有浮躁的喧嘩，夜的靜謐正好導領著我思索——

難得的靜謐，即使靜靜地坐著，什麼也不想，也該是一種幸福。但笛卡兒說：「我思故我在。」越是靜悄悄，人的內心就越是不安分地躁動。內視乎，自省乎？都有些兒高看了自己。自己也就一介庸人，心中高張著慾望的旗幟，在世俗中浮沉，即使有一點不泯的靈性，也早讓日常柴米油鹽之類的瑣瑣屑屑蒙蔽去了。

有時，我對自己現在所表現出來的冷漠都感到了吃驚。我驚詫於自己的無情，即使從前曾經如何令我血脈賁張的事，如今多半也只淡淡然的。冷漠是如此可怕地籠罩住我。不錯，我仍然柴米油鹽地生活，仍然寫文章、讀書，卻只淪落於一種可怕的生活的慣性。想想自身，也曾指點江山，激揚文字；也曾對腐敗深惡痛絕，一副鐵肩擔道義的自負；也曾青春少年豪情壯，捋袖捉筆，想為失卻土

126

地淪落城市的農民工討公道；也曾為弱者，一掬同情之淚；但曾幾何時，就全都如潮退去，只留下這幾塊礁石，千瘡百孔，卻依舊頑硬。潮退去之後，應該有的澄明卻沒有，倒只剩下了一味的疲倦與冷漠。

是年齡的緣故？畢竟已是中年了，不惑云者，該是指對自己的認識，包括能力之類的認識，不切實際的種種，譬如幻想之類，當然不應該有了。那麼就腳踏實地，就如伏爾泰的小說《憨第德》中，憨第德對於老師「全舌博士」的樂天論所說的，「這些都是很好，但我們還不如去耕種自己的園地。」這當然是好，非但不是冷漠，還充滿了熱情，是有一分熱發一分光。只是我好像連這一點都做不到，換言之，不過就是敷衍而已。敷衍正是冷漠的表現，一副「今天天氣哈哈哈」的嘴臉兒，看似隨和，其實是一種對現實冷漠的疏離，彷彿自己成了這世界的旁觀者，淡淡的，漠漠然。

這樣活著究竟有什麼意義？不過多消耗些糧食，多造幾缸大糞，好像詩人臧克家早就批評過了，他說：有的人死了，卻活著；有的人活著，卻死了。觸目驚心的詩句，直戳心靈，機靈靈，還真讓我渾身冒出了冷汗。

近來，我倒是常常在思考著生命的問題。生命，從誕生之日起，似乎就意味著死亡的開始，新陳代謝，其實就是不斷的死，不斷的生，方生方死，這就是生命。而生命，似乎也是一種由生走向死亡的過程。這麼說，好像有些悲觀，因此，有時命定論的觀點就會冒頭，給我們的熱情澆頭淋上冷水，這大約就是自己冷漠的原因。也或許，年齒見長的緣故，見得多了，漸漸就習以為常了，如《舊約‧傳道書》所謂的，「日光之下無新鮮事」，什麼都不見新鮮的刺激。

見識得多，隨之而來的是看得透──這看得透，多半有高估的意味，因為除了那個人人都曉得的死，能看透些什麼呢？或好聽些說，是浮名與俗利。其實多半說說而已，即使多冷漠的人，名與利仍是掙脫不開的，以隱士自居的如陳眉公之流，仍然「飛來飛去宰相家」，況乎我輩俗人。

所謂之看得透，無非是些趨利避禍的訣竅，或者是些投入少獲益多的伎倆，也即通常所說的「人情練達」、「世事洞明」，說到底也就是使自己活得更加的滋潤，換言之，是使肉體更加的安妥。

然而，人活著，不僅僅追求肉體的安妥，更追求靈魂的安妥。靈與肉總是渴望著統一。是否能夠？很難，但也有例外者。

現實社會裏，靈與肉不斷地產生碰撞，靈肉乖離令人觸目驚心。譬如，受著道德法律等等的約束，我們當然渴望澡雪靈魂，以一顆慈善之心去「老吾老，幼吾幼」。可能嗎？或者有時我們可以做到，但多數情況下，卻不能。如當只剩一口飯時，我們能否捨己為人？顯然不能。而當自己的同情心被人利用，成為一種謀生的手段；或者我們的愛心，成了某些人中飽私囊的藉口時，我們還能繼續保持著同情之心嗎？顯然不能。即使明知哪是極個別的現象，我們也會對更多的需要援助的要求，拒之門外。

或者在這一點上，正顯示了叢飛的博大。這一位以助人為快樂的人，面對形形色色的資助者的嘴臉，依然初衷不改，把愛心貫徹到底，死去了，仍然捐出僅剩下來的一對角膜，讓五個活著的人受益。像這樣靈肉一致的人，是少見的，因此他就不僅僅一個好人而已了。

　　有的靈肉不一致者，總喜歡以己度人，揣測做好事者的動機，通常有一句這麼的話，「天下沒有不花錢的午餐」。誠然，除了若干人，更多的人躬行好事，總不排除有利己的打算，即如老太太之施粥，也存著行善積德，或求子孫福祉，或修來生的目的。但不管如何，好事總是做了，於他人於社會總是好的。這樣的好事，我以為也不見得不好。倒是那些自己不做好事，卻對做好事者指指點點的，顯得可恥。

　　曾子說，「吾日三省吾身」，但在當今這浮躁的年月，不說自省，有時連靜下心來思索的時間好像都沒有。然而總不能都這麼吧？當聽到一個僅六歲的孩子，以稚嫩的嗓音說出：「錢最重要──比錢更重要的是黃金」時，我們能不震驚？是到了該想一想錢之外人生的時候了，畢竟人生不僅僅只有錢（黃金）而已。

亞當夏娃與蛇

據說，上帝閒極無聊，就想造出些東西來玩玩，在造出了花鳥蟲魚、飛禽猛獸之後，忽然想應該有人來管理它們，於是就有了亞當的出現。這本也不算什麼，偏偏多事的上帝，可憐亞當寂寞，就在亞當的胸肋骨上造出了一個夏娃，讓他們生活在美麗的伊甸園裏。這是連小孩兒都知道的故事，如《聖經》所說的「太陽底下無新鮮事」般尋常。只是我近來常常在思考，倘沒有蛇（魔鬼撒旦）的誘惑，亞當夏娃在伊甸園裏的生活是不是就真的幸福？恐怕未必。不錯，那會是無憂無慮的生活，但無憂慮則意味著無跌宕起伏，無喜無嗔，那該是多麼乏味的生活。當然這不是為誘惑唱頌歌，只是想說人本身就有欲之萌芽，即所謂「飲食男女人之大欲存焉」，歷史學家湯因比也說過，「人類本來是貪欲的存在，因為貪欲是生命特質的一部分。」這就有了誘的基礎。難怪上帝會發怒，並最終將亞當夏娃驅趕出了伊甸園。

當然，誘的過程也可能出現一些抵拒。人是一團矛盾，有慾望也有嚮往善的良知，這就有了拒的可能。過程是必須存在的，而且可以塗抹上了豐富的色彩，演繹一個個曲折動人的故事，或許這就是為什麼人們要把人生看作小說、戲劇的緣故。香港作家李碧華有一部小說曰《誘僧》，其實所演繹的就是這樣的主題。僧，其實可

看作人類的代表，最終卻是一無例外地墮落了，這很可悲哀，似乎這也是人性無可避免的宿命。當然有些悲觀主義的色彩，並不符合某些帶詩人氣質的理想家的標準，其實也是無可奈何的事。

只要人類存在，誘與拒的故事就一定會繼續下去。任何的回避都屬於不誠實的逃避。這如果闡釋起來，當然夠得上長篇大論，未免枯躁，就不如小說好看生動了。幾乎所有的小說都在演繹著這個命題。慾望，其實也不都意味著壞，散發著臭腐的氣息——雖然在不少人心目中，慾望總是與骯髒的不道德扯在一塊兒。慾望固然有破壞的一面，卻也有驅動生產力發展的另一面，可以這麼說，人類的發展更多的是由於慾望，慾望的不斷索求，推動了技術的進步，技術的進步又推動了社會的發展，這是客觀的現實。然而，我們也必須看到，慾望也有適度與過度的分別，適度的慾望，是指我們維持生命，延續後代所必需的，屬正當的慾望；過度的慾望，指的自然是超越了以上範圍的慾望，比如索取無度，淫慾無度，甚至為了這無止境的慾的滿足而作奸犯科，傷人生命。明眼的人，當然知道前者符合人性標準，而後者卻是不值得提倡的反人性的行為。但現實裏並不是如此，後者幾乎成了司空見慣的，反倒是前者稀如鳳毛麟角。為什麼會是這麼的結果？宗教家歸咎於蛇的誘惑，這有點近於推卸責任。凡事物總是內因通過外因而起作用，一味地強調外來因素，事實上是錯的。根源在哪裡呢？總得從人的本身找原因，也就是說蛇只是誘因，根源仍然在亞當夏娃身上。

人總歸是好逸惡勞的，不說辛苦的勞動，就是明知於己的生命極有好處的運動，想長年累月地得到堅持，除了某些已隱約地感覺到了生命的威脅者外，大多數做不到。為什麼？自然是害怕過分的

辛苦。逸，有多義，其中之一就是安閒安樂，安閒來自於肉體上的不累不苦；安樂是精神方面的愉悅。而這一切都離不開慾望的滿足。這本來也無可厚非。但是人們的慾望好像一個無底洞，總是填不滿的，俗話說得好，「人心不足蛇吞象」，這可就有了麻煩了，成了世界的不安寧的因素。比如，總是因為賺官小，而不惜跑官買官；或者嫌錢少，嫌女人少，而斂財斂色，多多益善。此時，所謂知足常樂，就成了不思上進的同義詞，連妻兒都會瞧你不起。但是，慾望這東西，就如潘朵拉盒子裏的貨色，一旦打開了，就不可收拾，甚至會害了你。可歎者，在慾海裏載浮載沉的人們，有幾個是清醒的呢？

　　近來，似乎聽到一個觀點，彷彿貪官之腐敗，斂財斂色危害性並不是最大的，倒是對大自然的污染才是致命的。這話似是實非。記得看過一文，說中國當下一切矛盾之根源皆在腐敗，可謂眼光如炬，一語中的。因為正是官員之腐敗，才導致到對大自然的過分掠奪，乃至污染，這都是來自於慾望之無止境的饕求，蘭因絮果，歷歷在目。因此，孰輕孰重也就不庸多辯了。

蜀道難平民更難

記得活過了九十歲的國學家臺靜農說過：「人生實難。」他是站在高處，以哲學家的眼光來看待人生，具一份悲天憫人的偉大情懷。是的，人生實難，這是毫無疑問的；然而一介平民更難。柴米油鹽醬醋茶，一大堆的與偉大呀高尚呀沾不上邊兒的瑣瑣屑屑，天天包圍住我們，或者說，擺在我們的面前，需要我們去面對去解決。記者作家韓小蕙，當然不能算是平民，可她也深有體會地說：「做個平民真難。」

想起李白有一句詩曰：「蜀道之難難於上青天。」而在當今的這個塵囂撲面，一切唯錢是看的社會，似乎身為一介的平民活得更為艱難。有站著說話不腰痛者，以一種優裕的生活為背景，日收入何止斗金，家是花園式豪宅，出入小車，嬌妻美妾為伴，喝咖啡品苦茗，自命中產階層，冷眼笑看紅塵，會說：「心安即是幸福。」一介平民的鄙人，曾經天真地信以為真，躲於小樓自以為樂。然而，漸漸地就略覺清醒了。不說自己仍是七情六慾中人，光是這為人子為人夫為人父所應盡的責任，就夠我忙得焦頭爛額。譬如吧，總該有一個遮風擋雨的小屋，可是誠如古人所歎的，「長安居，大不易」，現在是城市居，大不易。即使一所小小的房子，以鄙人微薄之薪，恐怕也得奮鬥個一輩子。結果只好甘心套上枷鎖，淪為房奴，為房

產商打一輩子的工。當然話不會這麼難聽，叫做「先消費」，好像
特瀟灑的，也有一稱謂曰「負翁」。可是恐怕在這動聽的名稱下，
你根本就瀟灑不起來。

有了房子還不行，得有輛車，否則就寸步難行。前些年，似乎
也不難解決，譬如區區，花個幾十元購一輛半舊的單車也就是了。
但現在不行了，在我還沒來得及換摩托車時，人家早已開上小車
了。本來這也可以不去管它，依然一輛單車闖南走北，但漸漸就擱
不住臉兒了。你總該在這社會混吧，應酬是免不掉的，某日你應邀
上五星級賓館赴宴，那保安先生瞧你的眼神兒就很怪，堅決不讓你
的單車停在停車場裏，給錢也不行，氣得你差點兒掉頭而去。其實，
氣是不必的，誰讓你是一介平民，何況還沒有錢。

雖然掙一點可憐兮兮的工資，而每月的個人所得稅可沒有少交
過，剛剛到手的工資條，二千多元，就付了一百多元之稅，肯定比
許多月收入上萬，甚至十幾萬的中產、富豪們都要交得多。然而，
路在不斷地拓展，由兩車道、而四車道、六車道，甚至上天入地，
可是考慮的更多的是有車的富人准富人的方便，至於我們這些也交
稅的平民百姓，好不容易買了輛摩托車，卻遭遇到了禁摩。單車呢，
鑽小巷兒去吧。

做個平民，難的何止這些。就讀難就醫難，一想起來頭就大如
巴斗。總共就是一個孩子，可是養起來就這麼的難，多少次都令人
後悔為什麼要養兒育女。養兒育女最難的是教育，說是義務教育，
可錢就從來沒有少花過。除了該花的外，還有數目更大的不該花
的。譬如有一天某班主任老師對小兒說：「你的作文寫不好得補習。」
當然是好事，可是補習得交補習費，每個星期六上午兩個鐘四十五

元。後來我聽小兒說，每次老師真正用於輔導作文的時間，不會多於三十分鐘，其餘的大部分時間就都「自由活動」了。這就不能不令人對其補習云云的動機產生了懷疑。

想起從前，孩子補習也是常有的事，哪收過錢？而今雖說一切講錢，但利用特殊身份之便，強人交錢補習，似乎就有礙師德了。難道師德淪喪已一至於此了嗎？當有一天孩子唱歌似地對我說：「錢一到手，老師開口，滿口叫好，臉如笑棗。」我的心就直往下墜，說真的，錢固花得心疼，但更心疼的是，金錢扭曲下的社會醜態給孩子純潔心靈的毒害。魯迅說：「救救孩子！」但要拯救的豈只是孩子？

人誰不生病，頭昏腦熱還好說，最怕的是患上了致命之症。在某些白衣天使眼中，這都是送錢來的主。一躺上手術臺，身不由己的病人及家屬就只有寄希望於醫生了。這好辦，送上紅包呀。送多少呢，左床右床瞭解一個參考數，以此為下限上不封頂。這可就苦了沒錢的了。但又能怎麼呢？雖說醫院牆上貼有公告禁止收紅包，可誰都知道只是官樣文章，誰當真誰倒楣。也難怪，這社會哪樣不花錢，就說醫生吧，培養、見習、上崗，哪樣不花錢？羊毛當然應該出在羊身上。誰讓你倒楣，一是生病，二是一介平民，就只有讓金錢救你的生命了。

嗚呼，平民真難，沒錢的平民，就更是什麼也不是了。看來，身為平民，得有錢而甘當冤大頭，即便不心安，起碼也能保一個平安。可惜掙錢談何容易，我的做法是寄希望於買彩票，一旦天可憐見，掉下餡餅，中上五百萬，那時可就魚化龍了。但願不是幻想，阿門！

書癡的不可救藥

　　書癡有一個動聽的稱號，謂「藏書家」。好像很高雅似的，其實不然，只是些不經意地跌進了書堆裏的呆鳥。說他呆鳥，自然有理由的。本來人都得有愛好，或謂「癖」，明人張岱云，人無癖不可與交，「以其無深情也」。不過，什麼癖不好，譬如鑽進錢眼兒去的守財奴，雖說有銅臭味，倒不像癡書者這般一輩子就守得個「窮」字。怨誰呢？書在某些方言裏就是輸的諧音，財神爺當然會被嚇跑的。有些天真的讀書人在年末的某一天，曾鄭重其事地作〈送窮神〉，怎麼有效果呢？只要與書沾上邊兒，除了個別幸運者，如金庸、余秋雨、易中天們（他們不過是借書為斂財之具而已），多數就只有終身地與「窮酸」為伴了。

　　跌進書堆裏，在他人看來是十足的可笑，書癡云云，不乏諧謔之嘲諷，更有進而謂之「蠹魚」。收藏有幾本書的人，常常會為一種銀色的，體形扁長，尾呈兩歧似魚的爬行害蟲所苦惱，書往往深受其害，故美國藏書家威廉‧布列第斯感慨說：「蠹魚曾經是書的最有破壞性的敵人。」黃裳說過，傳聞蠹蛀食三次「神仙」字樣，則成「脈望」，已有望登仙了。大約這也是書癡們在痛恨之餘的羨慕吧。難怪竟會是如此的又恨又愛的複雜情緒。然而，不管怎麼說，書癡總是一種病，而且是不可救藥的病。當然這病也非一無是處，

起碼在嗜書者看來,「半是辛酸,半是風趣」(美國作家尤金・菲爾德語)。

辛酸者是一言難盡的,但其間的快樂也是刻骨銘心的。怎麼說呢?要把少得可憐的錢,盡可能地都花費在書上,當然得以犧牲別的為代價,比如正常的娛樂,甚至口腹之慾,幾乎是以最低的物質標準為度,這就意味著書癡者,最好是獨身主義的堅決擁躉者。萬一不幸有了家庭可就慘了,相當於給自己帶來了無窮盡的災難。錢你不可能再如前那樣自由支配,僅有的購書的錢是一種千方百計藏匿下來的「私房錢」,購書已不能如以前般豪爽,得幾次放下拿起,或如菜市場裏的大嬸大媽,專揀便宜的買。而購回來時,多數時候你還得遮遮掩掩,被詢問時,更是支支吾吾。同在一個屋簷下,怎能遮掩得了?譬如不佞,書以幾何之數劇增,可是住房十幾年不變,於是架滿了,漫溢到裝衣服、裝別的的櫥,什麼時候起,架櫥都滿了,只好依牆而壘,危危的一面書牆,誰見誰怕。於是妻子忍不住罵:「什麼時候把書全燒了。」據說,這有過先例的,四川一書癡,有一天書市歸來發現妻正咬牙切齒地焚燒其書,痛恨之際立即亮起婚姻紅燈。其實也可以理解,當書已妨礙了正常的生活秩序時,再賢惠的女性也會沉不住氣的。好在妻子也就說說而已,至今未見諸行動,我終於也得以苟安一時了。

某日,有人來訪,驟見這眾多的書,大驚失色。——其實,也不過三五千冊而已,並不算多。他問:「這麼多的書你全讀過?」這話幾乎每個書癡都可能碰到,這是最令人痛恨的一句話。瓦爾特・本雅明先生把這類人稱作「庸人」,對庸人最好是不理會,但有涵養的本雅明先生還是回答:「還不到十分之一。不過我想您並

不是每天都用您的塞弗爾瓷器。」不錯，書是供人讀的，但對書癡而言，讀已不是多麼重要了，在他們哪兒，更多的時間是花在東翻翻西翻翻，左嗅嗅右嗅嗅上面。如果是嶄新的書，那麼，著人手的挺括的書頁，翻起來沙沙沙的聲音，與乎充溢鼻端的濃濃油墨和紙張的香味，共同組合成一種美妙的愉悅，漫漾過我或他的心。倘使是舊書，另外的一份滄桑的況味溢滿心頭，比如這是上世紀三四十年代出版的，年齡大大超過了我，在我之前它經歷了多少歲月多麼故事？漂亮的手乾枯的手嫩稚的手，有多少雙手在它之上停留過？這都足堪引誘我去遐思。如果書中偶或有片紙隻字，就更使我湧起了陣陣的惺惺相惜的感情。

　　一般而言，書癡對書都有一種攫取的強烈佔有心理，這一點上與好色的皇帝並無兩致。他見不得好書，即使相信一輩子都不可能讀的書，或因裝幀漂亮別致，或因開本另類，就兩眼放光，如睹美豔的張生，行不得也麼哥，非把它攫取入手不可。而擁有之後，不但自己秘而珍之，更可笑的，希望後人也能如他般珍惜，於是，多情不自禁地立下遺囑式的印記，如明藏書家澹生堂，就說：「後人但念阿翁癖，子孫益之守弗失。」幾乎是哀求的口吻了；但也有咬牙切齒的，竟說，「吾存寧可食吾肉，吾亡寧可發吾槨。子子孫孫永勿鬻，熟此自可供餕粥。」可惜，哀求詛咒全不濟於事，最後的結果只能是，「說與癡兒休笑倒，難尋幾世好書人」（呂晚村詩）。嗜書者的後代，因為目擊了書的災難，物極必反地痛恨起書來，這也是正常的。譬如小兒，就曾以斬釘截鐵的口氣說：「將來一定要把你的書論斤賣掉。」我的可憎恨的書們，擠佔了他的空間，難怪他如此痛恨。我倒是灑脫，雖然愛書成癖，但未來之事倒是不去多

想，我相信這麼一句拉丁名言，「Habent sua fata libelli」（所有的書都有他們的命運），所以只是存著暫時擁有的心理，甚至連購書的日期都懶得記載，何況姓名，以及加鈐藏書印章之類。

這些站著的躺著的紙片

　　如果有閒，我總情不自禁地把手伸向了書，有時不讀，摩挲一番，心頭也會湧動著愉悅的漣漪。這種纏繞著我的，對於這些所謂書的紙片的癡迷，自己沉溺其中往往渾然不覺，但在他人的眼裏，卻常常是十足可笑的。有一位湯姆・拉伯先生更是把這當病，在他寫的《嗜書癮君子》中，以調侃筆調，諧謔地寫出了這病態的可憐相種種。其中一則軼事頗令人噴飯：一書癡曾向其女友保證不買重複的書，可是女友卻搜出了兩套《狄更斯全集》，氣得不行，猛作河東獅吼，謂：「你自己選，狄更斯還是我！」這可真真為難了書癡哉！於是女友大怒，破門直出。書癡回頭整理藏書，竟然發現還藏著第三套的《狄更斯全集》。這就是書癡。對於這些印有油墨的紙片，他就是放不下一顆心。

　　對於嗜書者，人生之樂固然是閱讀，但何嘗以此為限？常常是延伸至讀前之搜尋，即所謂「淘書樂」、「獵書樂」。同樣花錢，但淘與獵就別具一番情趣，帶上了濃郁的感情，因為淘也罷獵也罷，過程總不會是那麼平淡，總有些跌宕起伏的意料之外，以及酸甜苦澀的個人況味，所謂「眾裏尋她千百度，驀然回首，那人卻在燈火闌珊處。」其實正是這種心境的生動注腳。一位書迷深有體會地說過：「生命不能僅僅用於閱讀，連同這些閱讀前的勞作算起來，日

140

子更加切實可感。」獵與淘，總是隨時隨地的，而且足跡所及包括新舊書店，甚至在沙地上平鋪一塊塑膠布，把從蛇皮袋裏掏出來的許許多多舊書，獺祭似地攤在其上的舊書攤兒。有人或者會懷疑，這些舊書會不會帶著細菌什麼的。其實沒有哪一位書癡會如此顧忌的，有潔癖的，或者可能愛書，但不可能是一個夠格的書癡。

　　書們不管以何種途徑搬進家門，淘或獵，還是其他。它們總得安置，開始時當然精心妥貼，力求盡善而美，紅木書櫥，玻璃門扇，讓書們分類站在哪兒，一如李慈銘之《越縵堂日記》中所言：「近遠高下各得其宜，便覺事事適意。」可惜對於書癡者，這份適意只是短暫耳。何也？因為書癡於書之慾壑永遠難填，結果書會如叢生的亂草，蓬蓬生長，就破壞了原來的齊整，甚至者溢出書櫥，由排排坐演變為「書如青山常亂疊」，由站著而成了躺著，書們就有些兒由彬彬者君子，淪落為略帶點襤褸的短褐黨，至多不過破舊長衫的咸亨酒店裏的孔乙己。這不是書們的錯，是書癡的錯。這許多的書都用得著嗎？難說。有的是當下必讀的，有的是將可能讀的，更多的是總有一天會讀的。口氣肯定，可是時間卻不確定，一年兩年，或者更長的一段時間可也說不定。怎麼解釋這種情況呢？鄙人以為朱以撒的話可以幫助我們理解，他說：「作為一種物質，譬如紙漿，這些書的母體，實在是稱不上什麼財富的。成癖，自然是從精神上來恭維的，透過薄薄的紙面看到站立起來的精神。」這當然依賴於閱讀，但說也奇怪，有時僅略略翻過，就可以感受到。或者真正具有人格魅力的精神總是力透紙背，有一種強大的，類似磁鐵的氣場在。

　　平時的讀書，人們總是謂，「漫遊書海」，形象、生動。「漫遊」者，必得有一份自由之心態，從容而徜徉，譬如近日，偶生興致，

141

想讀一讀俞平伯氏的《燕知草》，寒齋自然有，記憶十分清晰地記著，就在某一櫥裏，雖說近來記憶之力漸退，不少東西旋即淡忘，但這點記憶還是很有把握的。只是事實偏偏與我作對，《燕知草》和我捉起了迷藏來，就是遍覓不到。當然怪書之亂疊，使我如武陵人之尋桃花源，終失其徑。這種現象，不局限今日，於我是經常碰到的。從前會十分焦急，甚至因急躁而攪壞了整個心情，這自然是未能充分領會了「漫遊書海」之趣的緣故。如今呢，算是從容多了，這要拜馬齒長了之賜。尋找的過程，其實也是一種情趣，許多迷失在書海裏的風景，會不時地闖進眼簾，給了我許多旖旎之妙。例如這本《茅盾散文速寫集》，上下兩冊，上世紀八十年代初版本，紙已泛黃，扉頁上草簽著一個陌生的名字，很顯然這曾經是屬於他的，什麼原因使這書成了棄兒，並落到了我手？或者是一份牽連不斷的緣。想起自己，某一時刻曾與其邂逅，卻因種種緣由與其失諸交臂，二十幾年後竟又有機會重續前緣，誰能否認冥冥中的所謂緣分？於是目的──尋找某一本具體的書──彷彿早已不重要了，趣味只在於過程中的隨意的流連。朱以撒說，「書海漫遊，好一個『漫』字，許多趣味隱在過程中，達不到目的似乎不要緊。」這話說得是哉，這卻正是一個深解書之味者的話。

書啊，書

一

　　平時喜歡談談書，人們就一直以為我是所謂的愛書家，或曰「書蟲」，自己也認為是愛書的，因為家裏也還庋藏有幾本書。可是到了不久前的一天，一件突如其來的事，這才打破了我多年以來的神話，終於暴露出了狐狸的尾巴。什麼事呢？聽我慢慢說來，今年（二〇〇七年）春末夏初，天忽然飄飄灑灑的，下起了接連不斷的雨，有時還挺大呢。本來這也不算什麼，「梅子黃時雨」在南方是常有的，也說不上是否討厭。只是今年因了特別的事故，也就是上面所謂的「突如其來的事」，使我心情顯得格外的陰鬱，一如外邊那老陰沈著臉的天空。某夜下了一夜的大雨，清晨時候，我還在朦朦朧朧間，忽然在「書難齋」睡覺的兒子，跑來報告：「房裏進水了！」我慌忙跑去一看，果然遍地皆水。追其蹤跡，房中水管處滲了大大一片水跡，這還不是最嚴重的，嚴重的是，鄰水管的書櫥，聯成線的水珠正一點一滴掉落，那些書們可憐地就浸泡水中。當然急忙搶救，濕透或半濕者已近幾十本，除了這些，那些尚未遭禍的，

也不得不搬離其「家」，通通堆到地板和桌椅上，已如古人詩說的，「書如青山常亂疊」，平時不覺得，這一搬動，不禁嚇了一大跳，幾乎已是處處書多為難了。此後的近半個月裏，在乍晴乍雨間，我忙的唯一的事，就是「曬書」。這似乎是很雅的事，記得宋司馬溫公（光）曾說，「吾每歲以上伏及重陽間視天氣晴明日，即淨几案於當日所，側群書其上以曬其腦。所以年月雖深，從不損動。」在他自是愛書的雅事，即近千年後的我們也感覺書香郁郁；但我的「曬書」，斷非雅事，乃不得已的苦事，搬動搗騰倒也罷了，倒是那殘留下的祛除不掉的水銹，該是多麼令我扼腕惋歎。然而奇怪的，卻沒有，除了不堪其煩外，自己的反應只是淡淡的，這不但出乎家人意料，連我自己都有些驚詫。

想想，自己於書，不能說沒有一點兒愛意，當時購買也付出了一番感情，也曾緊衣縮食把節省出來的錢拿來買書，有時為尋覓一本心愛的書，也上窮碧落下黃泉，其中的酸甜苦澀，都只有自己知道。家中庋藏的，雖然沒有宋版明刊之類可列為國寶的珍籍，也沒有可拿去拍賣的值錢的上世紀三四十年代新文學初版本，有的無非極普通的文史類書籍，但因都是一本本，二十多年間漸漸積聚起來的，就不能不說完全沒有一點感情。可是無論當初還是現在，對於書我始終明確地鎖定在一個「用」字，壓根兒沒奢想過當一個高雅的所謂「藏書家」，——雖然有時不免也如某些「書呆鱉」，見書眼開，收了不少束之高閣的書，如動輒十幾二十卷的全集之類，那也只有用「佔有」才能解釋，與「守財奴」其實是五十一百步之間，實不足為訓。

　　不過，說自己不敢奢望當「藏書家」，但心中的仰慕倒還是有的，藏書家的書房，考究的如宋春舫的「褐木廬」，一式小牛皮的精裝書閃閃發光；清雅的如周作人「苦雨齋」（後改「苦茶庵」），三間上房，一間讀書延客，几淨窗明，二間藏書，十個八個書架立於中間，中西典籍兼備：主人就在其中優哉遊哉，──多麼寫意兒！身邊的書友，南京的徐雁，蘇州的王稼句，都好像也一門心事當藏書家，南京的「雁齋」，蘇州的「聽櫓小築」都極具規模。但他們可，不佞則何敢妄擬。如王稼句兒，書房由「補讀舊書樓」，而「櫟下居」，而「聽櫓小築」，不斷地更上層樓，藏書之所不止一處，甚至按揭購下了整整的一層樓來藏書，如是豪情，我是永遠做不來的。於是，書們就只能不斷地蠶食著人的空間，結果，自己的癡終也抵不住客觀的現實。這或許正是我在這次書難中，表現出淡漠的原因。

　　這或者是可悲哀的事，但也不盡然。似乎記得馮友蘭先生之女，作家宗璞，書香門第，樂書自是必然，也的確如此，讀書幾至成盲，可是在馮先生走後，竟於書由愛而恨，她感慨說：「書都把人擠得沒地方了。四壁圖書固然可愛，到了四壁容不下，橫七豎八向房中伸出，書牆層疊，擋住去路，則不免悶氣。」於是乎咬咬牙：「賣書！」難得她能夠下得了這個決心，當然後來倒是還有些悵悵，這也可以理解。有一些老先生，如施蟄存，倒不像宗璞先生這麼決絕，晚年時時在散書，讓愛書的後輩隨便從書架挑選，拿走。這倒也不錯。不過以上兩法於鄙人，皆不適合。因為也還需要讀書，何況也割捨不掉那份感情，賣書於心不忍，亦實屬不能；而自己也還未七老八十，散書尚早。那麼就只有克制自己的慾望，慎買書了，這或者也證明了自己的青春不再，激情已退。記得朱晦庵詩說：「書

冊埋頭何日了，不如拋卻去尋春。」不過，也還未能如此灑脫，什麼時候「書讀完了」再說吧。

二

慎買書，對於一個愛書人來說，是十分痛苦的，也是一種無奈。幾乎每個愛書者都有這麼的感覺，一段時間沒去書店，就內心癢癢地有一份逛的衝動。其實這有點近於女性的逛商店，有一種欣愉。至於逛之後的買，也是順理成章的，──總不至於入寶山而願空手而歸的。結果買的也很難說都是必讀的了。其實，也無須，歷來自己最覺討厭的正是這必讀的。大道多歧，選擇總在各人，強求一致，效果總是適得其反的。或者這書於你極適宜，導領了你一生，甚至於如宋人趙普之「半部論語治天下」，但在我卻不但味同嚼蠟，一點用處都沒有。所以排行榜必讀書之類，完全可以不去管它。那麼買的書，不管最後有沒有去讀，當時你總是「一見鍾情」，有了一份喜愛，這才購下的，至於後來的時移景遷，明日黃花似的捐棄，就已是另外的一回事了。只是這麼一來，書們自是越積越多。本來過一段時間清理一下，騰出些空間來很有必要，但一者懶，二者也確實沒有那工夫，何況即使不是必須的書，內心多少也還有一些割捨不去的感情。舊的不去新的又不斷地來，空間的迫隘可想而知矣。畫家小丁夫婦，據說就睡在書堆上，很是恬然。可是非他們那樣的雅人，誰能呢？因此，不待家人發話，自己都會為了多占家人的生活空間而慚愧。這就使我下定了決心：慎買書。

　　然而，這也只是原因之一，其二呢，是自從不久前經歷了一次水厄書難之後，自己於書的感情也多少有了些改變，好像略略有些淡了，豪情是不再了。這可以從以下實例看出：近日從特價書店前過，照例進去一逛。店主拿出一套八卷本的《王瑤全集》，十成新，帶紙箱，價僅一半：一百六十元。自己不能說完全不動心，但翻了翻，終於放下了。這在前幾年是根本不可能有的事。還有一例，書友黃君，與我同齡，於購書上歷來大手筆，近來依然豪情不減，竟於網上接二連三大搜購，諸如《俞平伯全集》、《汪曾祺全集》、《蕭乾全集》、《朱自清全集》之類大塊頭都搜藏入齋。老實說，以上作家作品都是我所心儀的，早若干年我一定會動心，或者跟著去網上搜購也說不定。可是如今，聽到後的反應竟是出奇的平淡。這是連我自己都感覺到意外的。

　　我這人不吸煙，不嗜酒，多少還喜歡喝一杯苦茶，只是對書的感情要深一些，但也只是如知堂老人，以看書代替吸紙煙，談不上如司馬光孫犁那麼愛惜書籍，並已成潔癖，幾十年後書還宛然如「新若手未觸者」。也談不上會考慮，以己之欲遺予後輩，要他們「後人但念阿翁癖，子孫益之守弗失。」自己倒是信奉一句拉丁名言，「書籍有自己的生命」，暫時得之，及身散之。這並不算豁達，也沒所謂憾不憾的。因為連生命都是暫寄在這世界的，況乎其他身外之物。這當然也不是什麼悲觀，是一種自然的趨勢，曾見有文章說，愛書愛了一輩子的唐弢孫犁，到後來卻是什麼書都不看，如孫犁就「不看書，不寫作，不說話。」這麼決絕，也令人大出意外。其實細思也並不奇兀，想寫的已寫完了，還有什麼話說呢？而書也總有看完的時候，如金克木晚年不是就說過：「書讀完了」嗎？

　　不佞當然未到他們這樣年齡，仍有一大段日子可活，於書也斷不敢狂妄到敢說：「書讀完了。」那麼，總還得找或購些書來讀，只是想到自己那不寬敞的住房，就只好「慎買書」了。當然倘情況有機會改善，比如中了五百萬元彩票之類好運落到頭上，或許「慎買書」之戒，就可以不去理會了；不過，這實際上是囈語耳，大白話叫做「白日做夢」，好在還有夢，就不算完全無指望。

如此仙境如此水

　　已厭倦了人工，更慕自然，即如尋常的花木，盆景之類人造痕跡儼然者，不喜，而瘋瘋而長的，因其不著人工，自然覺生意盎然，妙趣逸生了。近日之武夷山行，無它，正出於以上之心理。目不暇接，心曠神怡之餘，焉能無記？雖然面對如此佳山水，語言總是最彆腳的，好在體驗由心，不必去理會他人，寫自己感受可也。

　　武夷之美有口皆碑，令我牽掛，時間倒也不短。記得上世紀八十年代初，我還是翩翩少年郎時，武夷山當局來汕頭推介，秀麗雄壯兼而有之的那份天然之美，撼人心魄，尤其那曲曲而流的碧水，纏繞盤紆如帶，映襯著藍天白雲，奇峰危岩，令人歎為仙境。當時舉辦征詩有獎，我也不揣謭陋，脫口吟了一首，印象深刻的有，「如此仙境如此水」一句，獲得獎勵。詩自然不好，不過，對美麗的大自然的由衷禮贊之心卻是真誠的。

　　佛家講究蘭因絮果，這緣分總歸是要了結的。但絕對料不到要遲至二十多年後的今天，這才有一還夙願的機會。大約是冥冥中的主宰者，要吊足夠了我的胃口之後，這才讓我夢境成真。這樣由魂牽夢縈產生的精神饑渴，一旦得償，可能出現兩種結果，一者失望，也就是俗謂的「百聞不如一見」，這是最糟糕的結果，人生中盡多這麼不完美的遺憾，《舊約‧傳道書》有「日光之下並無新事」之

說，信而行，這是避免失望之法；但萬一有例外的呢？這就是其二了。如我的武夷之行，就不但如夢簡直是更勝於夢，陶醉其中的心境姑且不說，更要命的是這遊之後的刻骨銘心。

說了許多，總該切入正題了，就是如何之美。可惜我一乏丹青妙筆，二無徐霞客生花之才，要實寫就很難了，姑且勉力而為吧。我以為武夷之美，妙在其韻，曰岩韻、水韻、茶韻。韻之和則美、則妙，入乎其心，激發心弦之共鳴，焉能不合奏出天人合一之美妙樂章哉！世界之上美景萬千，但能臻此境界者少，這就使武夷能獨標一幟，傲視同儕。

武夷之岩，屬典型的丹霞地貌，赭色如火，所謂「丹山」。但又與丹霞地貌著稱的丹霞山迥然有別，更多的是斧削而出的一塊塊陡立的巨石，沿蜿蜒的九曲溪擺佈，不是特別之高，但直削而上的效果是險峻，壁立摩天，雲霧繚繞，就有莽然大山之氣勢，秀雄相兼，絕無桂林之山之纖弱。這個特點在登天遊峰時，就充分體會到。山階陡立如天梯，攀爬者幾如猴猱，累得手軟腳顫，俯視雲山霧海，淵淵難測其底，上瞻則縹緲樓閣，海市蜃樓、蓬萊仙境，遙可接天。說不高嗎？一千餘級石階夠你攀登，而雲團上下左右飛舞，你已飄然如仙了。一路上，勝景如迭，闖人眼簾。岩就是壘壘的巨石，大自然億兆萬年霜刀風劍，雨淋水蝕，鬼斧神工出的奇崛之神韻，令人歎絕。或壁立如屏，或橫欹如蓋，丹色而黝，有綠茸茸之植物附其上，色彩斑斕，宛如天然畫圖。

岩總是離不開水的。有清流激湍，於黝黑之岩，飛流直下，瀉玉滾珠，其態飄逸，而聲宏壯，破山之岑寂，也增山之幽深。山岩因水而秀媚，山水因岩而壯觀，可謂相得而益彰也。

水有飛瀑、激湍，也有涓涓清流，宛如碧玉的清潭，姿態萬千，各具其妙，流蕩出無限之韻，令人流連，誘人品味。水是武夷之靈魂，沒有水，也就沒有了武夷之獨特魅力。在去看水簾洞途中，左右山岩剪夾出一道山徑，林木蓊翳，行行重行行，益發地幽深，這令我想起了杭州的九溪十八澗。只是那兒的靜是真的幽靜，而這兒呢，原該是靜的，可是不然，有砰然水聲盈耳，及近，蜿蜒溪流，跌宕中形成瀑布，如簾幕，氣勢豪壯地奔向下游。兩旁之岩，一塊巨石緊牽一塊巨石，如巨屏展開，其上是鬼斧神工，其下是人工種植的茶樹，天工人力合作而成了一幅美妙之景致。

當然山水融合得最完美的是，那條繞著三十六峰蜿蜒的九曲溪。人坐在特別的竹筏上，觀山賞水，紆曲盤旋，簡直就如在畫圖中。水清淺而碧，除彎曲處，總是亮明如鏡，山水之間徜徉，悠然如與神會。這有點近乎灕江之遊，但具體而微，與山水更為貼近，就別有一番妙趣，這也正是武夷九曲溪竹筏上所獨具的妙韻。

武夷之茶，稱岩茶，舉世著名。遍植山水間，蓊然而郁，時時可以邂逅到，但仍然要專程去訪，就是著名的「大紅袍」。跋涉了一番，結果見到了生長在山岩間的這三株名茶。奇特的是長於懸崖削壁，出人意外者是枝幹低矮，沒有想像中的偉岸，於是，沒有不發出失望的感喟的。其實呢，最奇崛者最尋常，有意外念頭的，只怪自己了，與「大紅袍」無關。看它們三幾百年了，仍然生機勃發，這份頑強的生命之力，就令人羨慕，這或者正是我們此行的最大收穫，你說呢？

夢裏依稀覓周莊

　　尋尋覓覓，幾回在夢中。尋覓的是一個被稱作周莊的地方，其實更像是一個幻像。生長於江南之南的嶺南，有山有海的地方，應該十分的幸福，可是我沒有。反而渴望把心靈的棲居地安放在江南，尤其是小橋流水人家的小鎮，如周莊。帶一點旖旎，帶一點質樸；有一些人文，更多的是自然的隨意。散淡、恬靜，即使有些世俗，也俗得雅致。這分明是理想化的周莊。

　　帶著這多少有些理想化的周莊影像，走近現實，碰壁是可以預料的。因此，直到今天，雖然各種條件都十分便利，我卻始終與周莊緣慳一面。說是有意的躲避，亦無不可。我心裏總多少有些害怕，害怕現實會殘酷地撕碎我內心編織了多年的夢。

　　關於周莊，印象都是來自於間接的經驗，比如紙質的媒體，還有聲色影的影視。遠距離的看，就有那麼一份迷離惝恍之美，朦朧如夢，加上主觀上的理想色彩，已多少有些不夠真實了。然而，我依然在夢中堅持。

　　已有九百年歷史的周莊，雖說就在大上海的眼皮底下，但幾度春夏秋冬，幾度陰晴圓缺，卻始終一如祝勇所說的，時光靜好，歲月無驚，古幣般銅綠斑駁。古往今來，散淡地走過了多少人；伊呀的搖櫓聲，陪伴著多少清幽的夢。周莊依然是周莊人的周莊，周莊

的美內斂蘊藉，是小家的碧玉。或許面對緊鄰的大名的蘇州，她有一份怨悵，可是從今天的眼光看來，那時的周莊應該是幸福的。因為明月是周莊人的，小橋流水也是周莊人的，就連夢都屬於周莊的人。

曾幾何時，人們偶爾地發現了周莊，多數是屬於美的尋獵者的畫家、攝影家。於是一幅〈故鄉的記憶〉，走進了人們的眼睛。那錯落有致的黑瓦白牆，彎彎曲曲的石板路，清幽幽的水，玲瓏的各式的拱橋……原本極尋常的東西，勾起了人們潛藏的對故鄉的記憶。曾經擁有過，卻失落了的夢，竟然在這周莊仄仄平平的字裏行間覓得，難怪人們會欣喜若狂，會趨之若鶩。然而，像眾多的美，一經發現就意味著破壞，隨之而來的是庸俗與浮躁。古老的黑瓦白牆被刻意地妝飾，伊伊呀呀的漁歌唱晚，成了流行的小夜曲，華燈刻意渲染出來的那份紙醉金迷式的繁華，彷彿有幾分大紅燈籠高高掛的賣春的意味。不知從哪兒咕嚕地湧來了眾多的遊客，拤著相機，一臉的迷惘，步履匆匆，在一面小旗子的導領下，東張西望。一群人來了又走，接踵間又一群人匆匆地邁上了高高的石拱之橋，永遠是川流不息的人，不息川流的人。東張張，西望望。他們看到了什麼？誰也說不清，或者千里迢迢趕來，只為了拍一張相片，夢多半是沒有了。

看看那些周莊人，破開了牆，挑出旗幌，猛賺東西南北客袋裏的鈔票。以他們精明的眼睛，這都是些傻瓜，好好兒家裏不待，巴巴地飛機火車汽車，趕來挨宰。他們或者仍然難以理解這些久被俗塵蒙蔽的心靈，是怎麼地久渴於那個失落的「故鄉的記憶」。然而，盛妝的周莊，究竟能否慰籍這些失落了「故鄉的記憶」的遊子的心？

多半未必如願，難怪滿腔希望而來的祝勇，面對晃動著的這片幽幽的水，會如此決絕地說，永別周莊！

周莊的出名，其實是她的不幸，濃妝豔抹，花枝招展，外表的風光，怎掩得住她容顏的憔悴。她是一片心靈的棲居地，宜居，宜三兩素心人，尋尋覓覓他們失落的「故鄉的記憶」，卻不宜隆重推出，甚至濃妝豔抹，在沒來得及準備的情況下，去接納成千上萬接踵而至的遊春之客。洶湧而來的人，很顯然多半是基於對周莊的誤讀。周莊必將在人們的誤讀中，太早地迎來了她的「開到荼蘼花事了」。

或許只有到了這麼一天，周莊才會返璞歸真，回歸本來的淡然。卸妝後的周莊，我想會如鄰家的姑娘，端出幾盆家常菜，一杯家釀的女兒紅，讓寥落的幾個尋夢者，對著眼皮底下幽幽的流光，與稍遠處搖搖的小舟，去尋覓屬於他們自己的夢。這時的周莊，最適宜於我，我想該是我動身的時候了。

明安里的驚豔

到潮陽也多次，諸如靈山寺、東岩、大峰風景區、海門蓮花峰之類出名的景點都曾把游蹤印到，已很少有令我動心的了。然而，這一次秋遊居然令我心動，而且表現出了盎然的遊興。我知道，這都是緣於那一處曾經炒得火熱的名為「明安里」的新建的潮汕建築群。

明安里，多麼動人的名字，給人一份潔淨、溫馨的印象，一聽就富於誘人的魅力。未去之前，多少還是有過瞭解，知道這是一位從當地走出來的旅港企業家耗鉅資興建的一處嶄新的潮汕建築群，集中體現了潮汕民居精、美、巧、諧的優點。或許這位遠離故土的遊子，是借此而抒發了他濃郁的鄉思鄉情。無論如何，這都是一種動人的義舉，畢竟這麼集中地展現潮汕民居精美的做法是前所未有的，可以給潮汕之外的人們一種展示，給那些眷戀著潮汕的遊子們一份慰藉。

對潮汕民居，雖說我是生長於城市的人，但多少還是有些印象。在潮汕平原的許多村莊，我幾乎都曾觸目，什麼駟馬拖車，什麼下山虎，從完全陌生到一知半解。在一段時間裏，我以為見過的就已經是標準的潮汕民居了。但這回到明安里一瞧，這才恍然自己的誤解。原來遍於潮汕的許多新建的民居，多數因種種原因已發生

了變異，或增或減，這且不說，那嵌瓷的精緻，木雕的金碧輝煌都大大地打了折扣，實用上的程度早大大地超過了藝術的價值。至於殘存的那些老舊的，不但數量極少，且已多半在時間的無情蝕磨下失卻了往昔的燦爛。雖說歷經了滄桑，這也是一種美，但這種美是另外一種意義的美。

這處坐落在洋美村的漂亮潮汕民居建築群，是一處村中之村的世外桃源，走進一個懸掛著大紅燈籠的門樓，已是別有一番景象，我們不由得眼前一亮，開闊的地方，有碧波蕩漾的池塘，有垂楊綠茵，有古榕石欄，有遊廊碑林，而更引人矚目的還是那由八座標準的四點金和一座宗祠組合而成的這片潮汕民居建築群。

當時的感覺如何？套一句旖旎的語言，叫驚豔，是《西廂記》裏張生撞見崔鶯鶯的心旌搖曳。

早就聽說過「潮汕厝，皇宮起」這句流傳了很廣的話，究竟如何的堂皇美奐，我是到了這回才真正地領略到。這建築群在還略嫌灼人的秋陽下呈現出雍容的氣度和精美的細緻，這是一種婉約與雍容糅合而成的精美，勻稱的佈置，巧妙的構思，既大度又充分地體現了古代「天人合一」的美學思想，而中規中矩更是儒家溫和敦厚思想的體現。

作家熊育群先生曾來過潮汕，在驚異其精緻的同時更作了一番合理的推想，潮州人是皇族的後裔──雖然生活在這片沃土的潮人多數不願探究，也泯滅了自己的來歷，但這美輪美奐的潮汕民居，還有精緻的生活，以及曾是宮庭雅樂的潮州音樂，卻不經意地透露出若干歷史隱秘的蛛絲馬跡。

　　歷史藏在泛黃的線裝書的冊頁間，索隱探賾都是歷史學者的責職，我們盡可不去理會，還是把眼光收回到這片金碧輝煌的潮汕民居。無論從哪一個角度看，這裏的一磚一木，一樑一柱，乃至屏風、窗欞、牆頭、屋角都顯得過分精緻的美麗，那耀眼的金漆木雕，巧奪天工的石雕、嵌瓷，無不透出妙至巔毫的那份匠心，我們除了驚歎之外，仍然只有驚歎。

　　然而在這精美中，我們卻有一種似真似幻的感覺──太美了，就讓人有一份似夢的錯覺。其實，這也不見得是錯覺，因為這裏之美的確是堪入畫，難怪啟迪了不少藝術家的創作靈感，誘發他們進行藝木創造的慾望。只是這美畢竟距離現實相對遠了些，說句不客氣的話，這好像是造出來供人欣賞的。作為藝術品，這是美的極致，但不知怎麼，卻給我們一種壓力。在觀賞中，我就時時注意著把腳步放輕，再放輕，甚至連喘息都有些急促起來，手心也攥出了汗來，生怕因自己的魯莽而對美有所褻瀆，最後是終於急急地逃離開了。美有時也會令我們不勝其負荷，這倒是從前所不曾想到的。

邂逅歷史

　　突然，完全在一種意想不到的狀態，我一頭撞進了歷史之河，那是在一個慵懶的下午。灰舊的潮汕農家傳統的大厝，靜靜地，不帶絲毫躁氣地就深藏於這個叫深溪的村子裏。主體是新舊四座四點金式宅院，中隔一長形的大天井，呈對稱狀，有隧道溝通，別有天地。其中新宅有兩層樓，迴廊縈繞，藏品盈室；而夾巷之隔又另闢有廠房式藏室。這是一個私人博物館。在樸拙的外表裏，在緊閉的大門背後，竟然深藏著一個豐富的世界。這當然是屬於事後的感覺。

　　我們寫文章的人，常常喜歡說，穿越時空隧道，走進歷史。這多半是為了寫文章所作出的虛張聲勢。但當我走進了這緊閉的門之後，我發覺自己錯了，還真就那麼回事呢。一牆之隔，彷彿時間倒流，真就一頭撞進了歷史之河。一種只有歷史才有的氣味，陳舊而混著一份濃濃的，似黴非黴，似麝非麝的氣味，彌漫而充塞，宛如歷史的精靈在舞蹈。這是線裝古籍的氣味，是所謂的「書香」，於我這嗜書者並不陌生。可是這裏收藏的不僅僅書，更多的是其他，從珍貴的宋代鈞窯碟、明代青花瓶，到近代文明象徵的留聲機、電話機；從值錢的各時代錢幣，到人們曾經不屑一顧的耙犁、石磨、竹笠。……

由藏品的雜與多，我們可以確認，這位從不可能謀面的人是一位收藏歷史的有心人。據說，寄居香港的這位深溪人，叫劉明通，是開搬家公司的，所以有機會收藏這麼多的東西。但有機會並不等於必然，世間開搬家公司的盡多，怎麼只見到這唯一的劉明通先生？當然與他本人的興趣有關係。有人著眼於所藏者的拍賣價，有人以專業者的眼光來打量，據說，這些藏品都不夠專和精。這多少有些局外人的冷眼旁觀，其實不管這藏品的價值幾何，劉先生這份對逝水年華的珍重，本身就是無價的。

我們通常可以看到躁進之流，往往趨新而疑古，崇洋而貶中，有的更樂於以「疑古」為名。其實他們忘了一種事實，今天是從無數個昨天遞進而來，沒有歷史的舊，何來如今的新。虛無的歷史觀，不是真正的科學的態度，一個真正有責任感的人應該有直面歷史，尊重歷史的態度。當然這種尊重，遠不是以錢的眼光來打量的那種，只關注它在拍賣臺上能拍多少錢，或者能不能帶來更多的經濟上的收益，這種尊重，事實是褻瀆，更可能招致來無知的破壞。看看當前遍佈神州的古跡的開發與重建，我們就可知這危害有多大了。

劉明通私人博物館，與我曾經到過的國家、省、市級的博物館當然有距離，在價值方面有所不如，但這是一份毅力和精神的體現，以一己之力收藏歷史，已足夠令人欽佩。何況也有別的博物館所無的優勢，那就是整個博物館個性特徵尤其鮮明，一件件舊物、古物無不蘊涵著鮮明的劉明通的印記，他的品格、氣質，乃至喜好，無不可以從藏品中看到。或許你可以說劉先生的收藏，更多的表現出了農民式的痕跡，缺乏文化深厚的底蘊，與精確的分類管理思

159

想，但你不能否定劉先生對歷史的尊重，這是一種完全出於喜愛，不帶任何功利目的的尊重。例如他對農具的珍藏，母親用過的日常物品、公司上世紀六十年代的東西的珍藏，都說明了這一點。因為這說是對物品的收藏，不如說是對過去生活的懷舊，對母親對艱辛的昨天的珍藏，更重要的是珍藏一種濃濃的緬懷和思念的感情。說到感情，劉先生把他的私人博物館選擇在家鄉，何曾不也是一份對故鄉難以割捨的眷戀？

　　二○○六年的一個尋常的初冬下午，在一個極普通的潮汕農村，不經意間，我邂逅到了歷史，屬於昨天與前天，那幾百年的光陰，一下子都消逝了，剩下的只是這些帶著歲月斑駁痕跡的破銅爛鐵，歷史並不總是活在皇皇的二十四史裏，它更是以另外的一種刻骨銘心的形式凝固，給我們驚心動魄的撞擊。

訪沙隴四方古寨

　　突然就兀立在眼前，在現代的喧囂與浮躁中，它靜謐地站著，讓你的心一下子就沉進了歷史。這是一座古寨，不是客家的圓寨，而是一座四四方方的古寨，鐵色的蒼然顯示了它的年齡。果然這是一座已在這裏屹立了兩百多年的古寨。它就是位於潮南沙隴的東里古寨。

　　雖然村民已說不清楚它始建的具體時間，但寨門樓上依稀可辨乾隆某某年字樣。時間真神奇，一出現就打破了寧靜，遙遠的歲月彷彿帶著歷史的風塵，倒流到了眼前。

　　這裏的居民早就換了一代又一代，現在的子孫們更是在距離古寨不遠的地方，另建新寨：幢幢的嶄新小樓，潔淨、漂亮，跳蕩著現代最流行的音韻。看來，除了極少的戀舊成癖者，更多的人是不會死死抱住歷史不放的。於是，古寨無可奈何地衰敗了，甚至有些房屋因缺乏人的管理而毀圮，但那糯米加紅糖夯起來的貝灰圍牆卻依然傲岸地給人一份牢不可破的信心。

　　肯定有許多的故事，悲歡離合、跌宕起伏、扣人心弦地演繹過，或許依然活在某個老者的舌頭上，成了多少人童年的夢，但我不知道。這些鐵色或已露出剝蝕的石灰的老屋默默無言，三街六巷，以及那些老屋，構成了一個令人嚮往的神奇的謎。

　　這古寨到底還是有人居住，一兩個老人，幾個婦女。雖然相對於龐大的建築群，這僅僅是極少數，但有人這古寨就漾動著縷縷的生機，就呈現出了一種與廢墟迥異的意趣。

　　時間好像在某一點上凝住了，在這兩百多年的古寨，看幾個婦女在挑針引線，那份古老的感覺超越了長長的時空，令人驚詫地彷彿掉進了十足是線裝書泛黃的冊頁：除了衣飾，那神情的寧靜、澄明，那心態的平和，還有飛針走線描龍繡鳳的刺繡，幾乎與兩百多年前一般無兩。然而，這不是古人，問答之間依然不時可感受到現代的脈搏。只是性格依然質樸、熱情，對於陌生來客，心頭連一絲兒的設防都沒有，撤卻藩籬的心，純淨如水。住在這兒的一位老人，盛情地導領著我們參觀，雖然提供不出多少有價值的資料，但這份熱情古樸卻是久違了的春風。

　　多少人感慨時間如水，流過之後是了無痕跡，其實，只要留心，我們處處可以看到見證時間的痕跡。譬如這四方古寨，我們就觸目驚心地看到了時間之痕，那斑駁的蒼然，那接近廢墟的頹敗，無一不是時間之斧揮過之後的孑遺。

　　時間接近一天中的最輝煌的中午，然而在這古寨，空空蕩蕩的街街巷巷，踽踽而行，低徊、吟味，咀嚼著的是一份寂寞的冷與盛筵難再的無奈。

　　看這齊整的街巷，井然有序的排列，建設時的匠心不時令我們驚歎，而龐大的建築群更昭示了它曾經擁有的輝煌與興旺，只是一切都已經隨時間如流水般永逝。我甚至有些懷疑，這座歷經兩百多年，看過多少月缺月圓的古寨還能存在多少時間。

　　我們對於歷史一向是抱著舊的不去，新的不來的義無反顧的心理，或許我們的歷史大綿長了，長得屈指數都數不過來。看看吧，現在的人有多少能說清楚三代以上的祖先。歷史就讓它過去，就像我們曾經活生生的祖先。我說這話，或者有些人不高興，會反駁我，說我們最是慎宗追遠的，你不見每座村落最堂皇的其實就是宗祠──這話不假，即如古寨，正中就有一座屢建屢新的宗祠，但這能證明些什麼呢？我們對歷史更多的是停留在一種抽象意義上的符號的認同。要想憑一塊寫著文字的牌牌去遙思歷史，對於更多的人，顯然是十分困難的。何況牌牌並不等於已逝的歷史，重視牌牌不如重視殘存的如古寨這樣的活著的歷史，你說呢？

附錄

他與繆斯有個約

——作家林偉光印象記

汕頭日報記者　鄞鎮凱

今年（二〇〇六年）六月，林偉光的新著《書難齋書話》出爐，他在第一時間送我一冊，我許諾：待我為此書寫一篇讀後感吧。但或忙或懶，此書迄今未讀完，更何遑動筆。近月前的一天上午，我報專刊副刊部主任高興地對我說：「老鄞，林偉光加入中國作家協會了，你給他寫篇專訪的文章吧。」近幾年來幾乎天天見面，要寫他，「專訪」是不必的。但長期零距離的接觸，沒了距離美，要捕捉閃光點、尋找切入點並不易。近日忽想起，上世紀八十年代末的一天，青年林偉光遞給我一迭詩稿，其中的一句我還記著：「我與繆斯有個約。」就從「繆斯之約」寫開去吧。

他的成功在於多讀多寫

林偉光與「繆斯有約」，想來，繆斯是答應林偉光之約的。少年時的林偉光，就表現出對文學的癡好。文學，給他歡樂，給他的

童年抹上了彩色的雲彩。林偉光的兒少年代，是書荒的年代，他從「抗書荒」中度過少年時代。他在〈文學的啼笑因緣〉一文中「坦白交代」：我用一分兩分的零花錢去租看《三國演義》的小人書……我也曾伏在會吟唱潮州歌冊的外祖母的背後去入迷地聽和看她手上的唱本，在心中演繹著多姿多彩的故事，文學的種子不知不覺地撒播在我幼稚的心靈。那時我如餓得慌的動物，到處捕逮可以到手的文學美餐。」

他拚命地讀，磕磕絆絆地讀一切能弄到手的讀物，在文學的書山上不自覺地尋覓通往繆斯殿堂的道路。「忽如一夜春風來，千樹萬樹梨花開。」上世紀末，神州大地迎來政治的春天，也迎來文學的春天，應運而起的劉心武、盧新華、陳國凱們寫的作品令高中生林偉光如癡如醉，幾可當飯。「右派」改正複出的賴老師在寫作課上告訴學生：除了多讀，還須多寫，最好是天天寫。林偉光照做了。開頭覺得是苦事，常常老半天還寫不出一個字來，但漸漸地筆下就順暢起來。他從寫學生作文過渡到寫詩歌，寫長篇小說，花了幾年的時間，寫了幾十萬字，三易其稿。他自己總結這段寫作經歷：「那都是幼稚的學步。雖說不成功，到底鍛煉了文字。」

林偉光貴在專一。當他的文章過長江、跨黃河、上峨嵋山，文名大噪之後，依舊淡定地「淘書」、「讀書」、「藏書」、「寫書」過日子，守著他的「書難齋」發難。設若林偉光忽而跟時尚「上山淘金」，忽而趕潮流「下海撈銀」，中國作家協會能有他一分子嗎？

他對人生不斷解讀

林偉光多讀書，尤其可貴的是善讀書，通過讀好書，認識大千世界的形形色色景象，領悟人生的風風雨雨經歷，有感而發，付諸筆端，便是絕妙文章。

林偉光年稍長，便喜歡與當代文壇名家神交，讀他們的文章，瞭解他們的身世，感悟為人為文的道理。

他的《書邊散墨》出版時，中國作家協會書記處書記、著名作家高洪波給他發來如斯賀詞：「兄之行文日漸老到從容，知人論文的功力也見深，涉獵日廣，必有斬獲──此書可為見據也！」該書彙集了一百餘篇書人書事的文章，其中有「一雙眼睛清澈如水」、「如小孩子般晶瑩的心」的冰心；「有著一身傲骨與一股凜然正氣」的賈植芳；有經過了「二十多年的沉淪，苦難生活的磨礪，成就了今天的李國文」……林偉光讀名人、讀人生、寫名人、學名人。潛移默化，骨子裏有了中國文化人那種傳統的「重情重義重勤奮輕死亡」的人格力量。在生命攸關之際，他的舉止折射出他的這種性格文化內涵，頗讓我動容。

上個世紀末，就在他的本命年即將過去的最後幾天裏，他被查出致命之症。他在第一時間裏給我電話，平靜地說：「非動手術不可，幫我找個好醫生吧！」他的夫人掉著淚，有些手足無措，他卻鎮定自如，一邊收拾準備住院的衣物，一邊好言寬慰妻子。我掉過頭去，不忍卒看這場面。我知道，他正強忍著劇痛。手術成功。他

必須在醫院過春節。除夕夜，我帶了一盆鬱金香到醫院看他，病房裏只有他很有節奏感的鼾聲。醫護人員告訴我，他不讓他的家人在這裏影響他的「新年好夢」。他出院後不久，就洋洋灑灑寫了一篇五千多字題為〈體驗死亡〉的散文。一位老讀者說：「這文章寫出情，寫出義。寫出對生命的正確看法。」

一個人到達能「感悟死亡，承認死亡，接受死亡，盡量延緩死亡」的境界，其言也善，其文豈無動人處？

他默默耕耘厚積回報

林偉光加入中國作家協會的消息在汕頭文壇傳開，有人加以評論：二〇〇三年才加入市作協，二〇〇四年加入省作協，二〇〇六年完成「龍門跳」。汕頭文壇獨一無二，在全國也罕見。可見文外工夫也老到。此論未免冤枉了林偉光。

林偉光勤於寫作，文章在很多年前就廣傳天南天北，但他從來不熱衷「協會」。掛在他口頭上的一句話是：寫不出好作品，當個「空頭作家」又有何用？對於出書，也是不熱心。十多年前，有好心的文友給我找了一個便宜的書號，勸我自費出一本文學作品集子，我謝絕：「自掏腰包出書的事，我不想幹。」沒想到林偉光也表示贊同。後來，我覺得林偉光在文學創作上日趨成熟，其發表在各地刊物的散文，猶如一顆顆發光的珠子，不串在一起成為一件高檔的藝術品怪可惜的，於是經常勸他收回當年誓言，走自費出書之路。好多年過去了，他不為所動。直到去年，不知是我苦口婆心的

169

「思想工作」終於起了效應，還是他的哪根神經錯位，他才精挑細選，集篇成卷《書邊散墨》，交付出版社出版。書出爐，高洪波、郭啟宏、伍立楊等當代名作家紛紛給予高評價。地方性的文學獎榜上有名。於是，他出書興起，又相繼出了第二本、第三本……。

　　他走過了風風雨雨的耕耘之道，現在正走上金黃色的收穫之路，一步步走進繆斯的殿堂。

閒適的智慧

——讀林偉光文集《書邊散墨》

蕭濤生

　　林偉光新近出了一本叫《書邊散墨》的文集，細細翻讀完後，感覺這哥兒倒是個蠻有趣的人，十足一個不可救藥的書癡！在潮汕這塊地界，大多數聰明人總往政壇商場裏「上下求索」，拼殺個不亦樂乎，他倒好，深居於都市之中，絕跡於文藝是非場，獨獨對書香繾綣難忘，恨不得將天下好書盡收於書齋之中以快朵頤，以至他「一有發現，便有得寶的興奮」，「高興得眉飛色舞，馱而歸，竟忘乎所以地哼起有腔有調的歌兒來。」甚而在某一書攤買得一舊書的上冊，數年後在另一地買得下冊時，高興得「給個神仙都不換」，你看他，是癡得可以了吧？

　　說他癡，還有另一個原因，書中他自稱搞寫作已二十多年，也做了多年的報社編輯，這種資歷、背景在別人那裏，是可以玩出可觀的局面的，可他卻自來不善「包裝」自己，不喜往熱鬧堆裏鑽來鑽去，不作張揚自我、語出怪誕的驚人文字，便只有寂寞的份了。他平時除了愛看書、藏書外，就是寫點讀書筆記，這樣一種自得其

樂的寫作狀態,不是執於一端的「癡」是做不到的。他的寫作,從
不跟隨當下的流行風,倒更多了點崇古的傾向和對過去事物的沉
湎,如同書的扉頁中他所說的,好於故紙堆中討生活。

　　讀他的書,我覺得他還是那種游「古」好閒的閒者,我說的閒
者,主要是指精神方面。林偉光骨子裏是一個很「閒適」的傳統文
人,包括他的思想及文字。由於受老莊思想的影響,歷來大多數中
國文人都很講究生活的趣味,希求於沉重的俗務羈絆中求得心靈的
安適與超脫,付之筆墨,便是空靈、飄逸、古雅、閒適的文字。林
偉光的寫作便有這樣的一種審美傾向,有與明清小品文、周作人、
梁實秋等現代作家一脈相承的閒適文風。書中文字,大都千字左
右,精簡古雅,常於平淡的敘述之中陡轉筆鋒而神采逸出,如〈戲
侃北大二俠〉一文,對余杰、孔慶東先做了介紹之後,接下來便評
道:「余孔二君都正當揮斥方遒,激揚文字,糞土萬戶侯的年齡,
雖文章風格迥異,余文更像少林之外家拳,虎虎生風;孔文則如武
當之內家太極,綿裏藏針……」這種並無刻意的閒來之筆,言簡意
賅,靈動有趣而形象躍然。

　　林偉光文字的閒適,不僅表現在其行文的自由、散漫、灑脫與
輕鬆,還表現在其書中一再津津樂道於喜歡逛書店、買舊書、藏好
書、寫書話的「癖好」上,更主要的是,還表現在喜歡向讀者介紹
那些歷盡人世滄桑後變得睿智淡定、閒適安詳的現代作家及當今重
量級的文學前輩上,通過這一個個人物及其著作的介紹與點評,表
達了一種洞明世事、超然物外的處世態度,這種態度並非是消極的
那種,而是對傳統文人悲天憫人的價值理念的認同與禮贊。從沈從
文、冰心、施蟄存到張中行、汪曾祺、孫犁,從鄧友梅、楊絳、李

國文到賈平凹、史鐵生、陳平原，在作者筆下無不充滿了對他們為
人為文的崇仰與敬重。

如此說來，林偉光不僅是一個閒者，還是一個智者了，因為這
種「閒適」的生存狀態，實是對生命、對世界深刻認識之後的一種
澄明與徹悟，是一種中國式的智慧。正如其自序〈體驗死亡〉所述
的一樣，作為真真切切經歷過死亡體驗的林偉光，還會為眩燁的世
象而迷惑，不為文字守住生命本真的純淨？在這一本書中，單獨看
一兩篇，你可能沒有多大的感受，不就是評介別人的書話嗎？可你
通讀完全部文字後，你就不能不敬服作者的毅力與良苦用心了，請
問有哪一個寫作者，不想花些精力去寫些原創性的作品以獲得成名
的機會，而去多年一如既往地推介他人的作品？如果不是對中國文
化、對中國正直的文人愛得深沉，誰會？翻讀這一本《書邊散墨》，
我感覺就是在翻讀一部沉甸甸的現當代中國文人精神史。一個個為
保存中國文化、復興中國文化的正直文人，帶著一生的歌與淚、留
下縈繫著生命摯情的作品，走了，而林偉光，一個精神的追步者，
在他們身後用一篇篇凝重的文字，為他們的靈魂樹碑！這就是智
者，貌似閒散、平日裏笑呵呵的林偉光，內裏卻藏著一顆深沉的心。

林偉光寫書話，而且是嚴肅的書話，相對於當前嘩眾取寵、為
書商做槍手的那種，實是一種惠澤讀者的啟蒙善舉。正如我一個朋
友在他的書中所講的，前代人逃了課，這一代人就得補課。歷經時
代的動盪，我們這一代人還在補文化這一門曾被丟棄了的功課，所
以說我們的啟蒙工作還遠未完成。雖然今天在我們的媒體上，一些
所謂的知識精英們，一再地向我們兜售舶來品或者老古董，而事實
上是不切實際的空談。他們不是我們心目中真的啟蒙者，因為真的

啟蒙者，必須埋下頭來做些細緻而普及的工作，它的前提是讓多數
人受惠，使思想得到提升。而林偉光的書話，在普通讀者中就有這
種文化啟蒙的功效。雖然，書話是一種簡短的文體，沒有如文學批
評那樣作更深入的探討，如作者在〈虛擬者的真實世界〉一文中所
說：「我這不是批評，而是讀後感之類感性化多些的文字，就挑選
自己喜歡的來讀和談。」但是，如果這樣一種嚴肅認真的書話常刊
載於發行量巨大的各類報紙，對普通讀者的推介和引導作用就不容
忽視了，讀者正可以通過書話這樣一種短小的文學形式，瞭解中國
文化與文人，並經這一牽引，引發讀者購買原著一讀的興趣，從而
達到在大眾中普及文化教育的目的。作為多年報紙編輯的林偉光，
寫書話，正是在默默做著文化啟蒙的工作。所以我才說，林偉光，
真是用心良苦。

脈脈韻致　款款風流

洪瑞彬

　　捧讀林偉光的散文新作《詩意棲居》（北京國際文化出版公司出版），不由得被書中的紛至迭來的妙文、美文所陶醉。

　　林偉光的散文承繼周作人、孫犁餘緒，流淌著明清小品文的閒逸意趣。其行文如流水，揮灑裕如，從容而淡致；語言簡淨平易，卻意蘊深遠，無論寫人、描景、狀物、抒情都帶著濃濃的文化氣息，已形成自己的風格。筆下的文化人物尤見光彩：谷林、陳子善、李敬澤、朵漁、王稼句、蔡起賢、高煜、沈吟、楊方笙、陳望等，款款風流、神態畢現，呈現出卓絕風神。而行文中流淌著脈脈韻致，淡淡的筆墨自有其令人意想不到的妙趣。因此，著名作家、中國作協書記處書記高洪波曾稱讚說，林偉光的文章「行文日漸老到從容，知人論文的功力也見深，涉獵日廣，必有斬獲……」

　　同時，林偉光也是一個關注社會，關注人生的作家，在文字中洋溢著濃郁的人文關懷與社會的責任感。他關注來汕務工者的精神生活，關注汕頭的發展，關注地球的環境保護，也關注尋常百姓的酸甜苦辣，在一定程度上折射出當前社會的多姿多采。其中如〈紀念〉、〈思痛母親〉、〈小販書生〉諸篇，皆以身邊事寓深遠的人生哲

理，淡淡語卻擔荷著人生至大的巨痛，令人讀之低徊、悽愴。尤其〈思痛母親〉，幾乎都圍繞著一個悔字來展開，以自己無所救贖的悔來抒寫其失母之痛，層層遞進，鍥而不捨地非把自己置於絕境中不可。難怪當代實力派散文家伍立楊推許他的文字「自有一種妙趣幽懷。」值得留意的還有那篇〈我與我及我的胡思亂想〉，這篇好像寫得很散的文章，正是作者所要著力表達些什麼的重要之作。無論思想及寫法上都體現出作者力求有所突破的決心，行文從心所欲，幾乎看不到一丁點做文章的痕跡，彷彿有些「大象無形，大音稀聲」的意味。

這本《詩意棲居》，是林偉光繼散文集《紙上雕蟲》、《書邊散墨》後的又一創作成果，主要收集其近一兩年來刊發於省內外各類報刊的散文作品，也酌收少許舊作，分「明月青山」、「人生況味」、「雜拌零存」三輯，從中也可看出作者創作的軌跡。

作者說，之所以把散文集命名為《詩意棲居》，「乃取自詩人哲學家海德格爾，無非是對集中許多死去的，或仍活著的先賢時賢的景慕，同時希望我們的日常生活過得更具詩意些。」這是作者的希望，當然也是我們抵禦當前這物慾橫流的浮躁社會的一種祈望。

讀林偉光

黃岳年

《弱水讀書記》的出版，引起了朋友們的關注，孫犂云：「讀者都是故人」，想想，覺得親切溫馨。

林偉光兄，也是故人了。在天涯的「閒閒書話」，我們是相識的，都讀過對方的文字。有書出來了，贈書，以書會友，是自然的。嗅著書葉間散出的淡淡墨香，感受著友人的溫情，我翻閱偉光的著作。扉頁上有偉光的題字：「舊作留書誼，萬里有故人。岳年兄哂正。嶺東汕頭林偉光巳丑年秋末北風起，因念故人書情。」下面是篆字朱文的小印章。是啊，萬里有故人，這一份情懷，在千里冰封的北國冬日，溫暖了起來。注目書前的偉光近照，我說咱們聊起來吧，伏案疾書的偉光停了下來，如我一般的近視鏡片後面，流瀉出微微笑意，他說好吧。

《書邊散墨》是偉光兄二〇〇四年印刷的。他說，他曾經歷了一次生命歷程中的磨難，體驗了一回死亡的滋味。我說，大難不死，必有後福。這書的出版，就是偉光「把猙獰的死神拋向汪洋大海」，大步邁向新境界的一個標誌。讀下來我知道，偉光得救了，也得道了。體驗過死亡也體驗了溫情，收穫了人生也收穫了智慧。文字般若告訴我，偉光開悟了。

177

偉光屬兔，說起來小我一歲。我們間的遺憾，是相隔太遠了。不然，隔一段時間的促膝而談，或燈下把盞，或抵足而眠，論書論學，該是誘人的事。不過，前人早說了，海內存知己，天涯若比鄰，知道這個世界上有一個同道在遠遠的天邊，讀自己的文字，和我有一樣的心情，是愜意的。南京大學的徐雁教授昨日有信給我，說「昨晚方從教研室取回題贈新著《弱水讀書記》。江淮今日，霧鎖南北。午後從容，流覽尊序。君所謂『適心快意讀書法』，吾心曰同也。教書而讀書，最是吾輩天職，可惜同道乏人，古調難鳴矣。學海無邊，自一瓢而二三瓢，可知先生愈飲愈歡當至欣然之境而鼓之舞之矣。書此為祝，兼謝贈書。」把這些話和接承聖人馨欬的偉光書合在一起看，享受莫大。

一部好書，總會給人留下一些深刻的印象。看過了之後產生想學、想做，想照貓兒畫老虎的衝動，這書的益處就不少了。偉光的書，似乎就有這樣的作用。當然，這說的是於我，對別人如何，則不好妄說。我曾在一篇文章裏講過這樣的話：「也想把文章寫的短些，寫的簡單明白些，理想是三百字，或四百五十，至多六百字，一如知堂老人在〈文章的包袱〉裏的話：『隨意抓住一個題目，開門見山的說出來，上下四旁有該說的說上幾句，表明主意，隨即收科』。然而做來難，沒有做到，有的時候是到了不可饒恕的程度。這都是不善於寫的表現。」偉光是做到了的，這就不能不讓我佩服。他的文字多短章，短而精準，源於用心，他是要用筆雕刻思想的。偉光新近的文章〈文人〉裏說自己於書，是「癡迷不悔，讀之後進而至於寫，千方百計地把自己變成一個『百無一用』的文人。」這樣的人寫出的文字，好應該是自然的。他的文字有很多是報紙專欄

裏用的，要求精短，也是自然的。《書邊散墨》裏收有一篇文章，標題便是「寫專欄，你準備好了嗎？」在作了深入的分析後，偉光說，寫專欄的作家，「須學，須識，須情，合之乃得『深遠如哲學之天地，高華如藝術之境界』。」文字則要如董橋那樣，「精粹可讀，雋永有味，清純醇醇一如陳年的紹興花雕，甘冽醉人。」他是把學養綜合起來，作為動筆的前提的，這就不易。

再驗之以文，那麼就會發現，近朱者赤的偉光兄，已沾染上當代香港的良知林行止，世紀老人張中行，赤子其心星斗其文的沈從文，周氏兄弟，汪曾祺、張愛玲、龔明德、陳平原、施蟄存等的靈氣仙氣，郁郁乎文了。他說多情人不老，他說占中國人口三分之二的農民一下子就從作家的視野中消失很不好，他說不要忘記正是這些人支撐起了我們這個有五千年文明的國家。

他是愛書的人，他說過願此生永伴書籍的話。書和人同居，書比人金貴。他搬家不是人搬家，是給書搬家。他花錢，也是為買書多。就是在生與死較量搏殺的時刻，湧上他心頭的，也是古今中外書裏的人，書裏的話，是這些給了他堅強和力量。

他厚待了書，書也成就了他。他寫出了一本本的書：《詩意棲居》、《書邊散墨》、《紙上雕蟲》。剛剛收到臺北友人的來信，海峽彼岸的出版社，接納了偉光兄的書稿。日前，他的手稿有人據為奇貨，按頁論價，被網上線上拍賣。滬上陳克希先生，是上海圖書公司總收購處的主任，正要請教此舉的文化意義，克希先生就有電話打過來，說思想會被保留下來，書是可以傳下去的，五百年後也會有人看得到，好幾代人呢，哪怕受到一點點感染，都是功德無量。

欣喜之餘，我就想，要向偉光兄學習，惜墨如金，如董橋說過的，對得住寫下的每一行文字。

偉光說讀書是人們打破寂寞尋找知音的一種嘗試。夜已深，應是人定夢香，我發短信吵醒他：讀兄之書，寫我之文，不亦快哉。我願意讀偉光的書，他的書，是可以傳世的。

末了我也做一回書裏說過的紳士，在你拿到並手捧林偉光書的時候，說一聲「對不起，我的錯！」是在我占了理的時候，當然，我是悠閒、謙恭的，因為上面我所說的，並非虛語。

　　　　　　2009 年 11 月 29 日 22：53 寫畢於溫暖的弱水軒。

大雪後數日，上午患流感打點滴，偉光發來手機短信，「天冷那邊下雪否？這裏還三十度，已寫了文字寄來。」「兄書與知堂文並讀很有味。」我大驚：「不可說不可說，不可比的。知堂之深廣，只乃兄、張中行知之。其文則後來企及者稀。」復云「有同感。」心藥可袪病，路隔心不隔。數行寫過，神清氣爽，已康復矣。

夜復深，改定文稿，明晨發偉光信箱。古人以《漢書》下酒，我與偉光，亦以書下酒，在南國和北國的的冬日裏，豈不懿歟。又及。

留住文字的盎然春意

　　日子一天天過下去，生活被眾多的瑣瑣屑屑，諸如柴米油鹽醬醋茶之類充塞填滿，激情是早就沒有了。然而，當有一天桌上的檯曆被掀得差不多了時，才驀然驚覺，二〇〇六年的腳步，即將離我們遠去，二〇〇七年轉瞬就到。按《新約書》說，太陽底下無新鮮事。二〇〇七年或者也沒有什麼特別的故事，尤其於我這過了中年門檻的人。這在理想主義者看來，不免有不夠積極之嫌。其實豈然？中年的人，如果還像少年青年那樣，對生活充滿不切實際的憧憬，那才真的是老夫聊發少年狂呢。中年了，就該從虛幻的夢中醒了過來，開始睜開雙眼，自我審視，有多少斤兩的能耐，應該一清二楚了。審時度勢最是重要，就如伏爾泰先生小說《憨第德》（Gandide）裏所寫的，經歷了許多人生的苦難，憨第德和老師全舌博士，終於在土耳其的一角裏住下，種園過活。憨第德針對老師的不切實際勸導說：「這些都是很好的，但我們還不如去耕種自己的園地。」服膺此說的知堂老人又不嫌羅索地闡釋：「所謂自己的園地，本來是範圍很寬，並不限定於某一種：種果疏也罷，種藥材也罷，──種薔薇地丁也罷，只是本了他個人的自覺，在他認定的不論大小的地面上，用了力量去耕種，便都是盡了他的天職了。」之所以如此不

厭煩地援引，自然也由於這話說出了我當下的心聲，也就是說，現在的我最佳的選擇是，耕種好自己的園地，果蔬、藥材、薔薇、地丁，都無不可，重要的是盡自己的能力，並踏實做去。這是我近幾年來一貫的主張，也是我在即將屆臨的新年──二〇〇七年的選擇。

雖然熱情減退，畢竟心仍是熱的，我不可能像年青人似的，在新年到來的前一個晚上，到酒吧、廣場去聆聽所謂的「新年的鐘聲」，並通宵達旦地狂歡；也不可能再如從前那麼天真地去訂什麼計畫，──因為事實的證明，這多半是一廂情願的一頭熱，最後總會是一個不了了之的結局。這或者對於那些習慣了規劃自己的人生者是一種打擊，但事實如此。古人說過，人算不如天算。人的主觀性是要經常受制於客觀的諸多因素的。當然你如果一定要規劃，也無不可，只是要立足於盡力盡責，「用了力量去耕種」，就該無憾了。不訂計畫，當然不是沒有目標，我們人類幾乎很少沒有目標的，起碼誰都有一個清晰的念頭，讓自己生活得更好，這就是目標。理想家或者會說太俗了，這是誤解。這世界主義層出不窮，有不少人甚至為此捨棄了可寶貴的生命，無非是為了包括自己在內的所有人類生活得更好。我們禮贊那些千古英雄，是因為他們舍小我成大我，以犧牲自己來換取更多的人們的幸福生活；我們唾棄那些獨夫那些民賊，無非是因為他們把一己之欲，凌駕於廣大人民利益之上，其行為已嚴重地危害到了人民的正常生活。

本人作為一個作家，成天擺弄的是紙和筆，「自己的園地」當然是寫作，在這文學已經邊緣化的時代，於明智者看來似乎更多的屬於傻子所為，因為不能直接帶來常人眼裏的經濟效益；不過，也

不儘然，也有不少人從寫作中牟取到了名和利，如余秋雨、易中天、韓寒、郭敬明等，就因此而上了富豪榜。說不眼熱那是假的，因為我同樣也有七情六欲。但我有一個遵守的準則，就是有所為有所不為，絕對不會因某些利益之誘，而做出褻瀆文學的事；也就是說，在這個浮躁的社會裏，面對種種利與欲的誘惑，我希望盡可能地守住屬於自己的一方淨土，留住文字的盎然春意。我也希望，我的筆能為正義而歌，為人民而呼，為和諧的社會而盡責盡力，也能成為擲向醜惡者的匕首與投槍。或者我的筆力有所不逮，但重要的是我選擇了堅持。對於我所鍾愛的文學，即使今天已褪卻了耀眼的光環，我仍然始終保存著一份神聖感和崇高感，過去如此，二〇〇七年同樣如此，因為這也是對自己人生選擇的一種尊重。

　　二〇〇七年的鐘聲已經敲響，即使不是理想家，我也有理由相信，未來的世界會更加美好；同樣，我的寫作也會有所進步，這也是我的祝願。

幾句閒話（跋）

本來用了一篇舊作當作代跋，就是不想再寫後記了，舊作所說的也還是我此刻心裏的意思。但想想還有一些需要說明，就來說幾句閒話，湊成個不是後記的後記。

其一是也還照從前的癖性，不敢也不願去勞駕大大小小的名家作序，因為勞動不起，也怕他們礙於面子說些可有可無的話，就決定還是用一篇拙作以為代序。

其二是以上收集的都是自己近若干年來所寫的文字，當然不止於此。選編的標準如下：甲，剔除書話書評（包括文學批評）類文字——那是另一本書的內容；乙，所收者多為自己覺得有些意思的文字，——應景及時過景遷已沒有多少意思的，不選。其中可見及自己近些年來的思想軌跡。

當然說如何好，也不見得了；不過也還敢自負地說一句，並不都是文字垃圾。其中作者在思想及寫作上，也做了若干的探索，每一篇或長或短的文章，都有自己的苦心經營，讀者自知。近世文章大家公推周氏兄弟，不佞似更喜知堂風格，覺得他的好處全在一種趣味上，在書卷氣裏有一種思想和文字上的情趣，自己也沒有把握能夠領會多少。編這個集子時，外面正下著暴雨。這年（二〇〇七年）的雨出奇地多，自己的書難齋在水管處滲漏，緊鄰的書可就遭

殂了，結果心情上的抑鬱可想而知也。只是文章也還要寫，正如知堂老人所說的，「並無別的意思，聊以對付這雨天的氣悶光陰罷了。」

　　拙作自二〇〇七年編就，如今也已過去幾個年頭了。因為不趕時間，就一直擱著。近日，忽有臺灣的蔡登山先生樂於玉成，遂得出版，這是必須致謝的，而文友的獎掖之文，也一併附錄，並申謝忱云云。

林偉光

2010 年元月記於汕頭韓江濱書難齋

國家圖書館出版品預行編目

南方的笑貌音容 ：林偉光文集 / 林偉光著.
-- 一版.-- 臺北市：秀威資訊科技, 2010.07
面 ； 公分. -- (語言文學類；PG0366)
BOD 版
ISBN 978-986-221-487-9 (平裝)

855   99008557

語言文學類　PG0366

南方的笑貌音容
——林偉光文集

作　　者 / 林偉光
主　　編 / 蔡登山
發 行 人 / 宋政坤
執行編輯 / 胡珮蘭
圖文排版 / 黃莉珊
封面設計 / 陳佩蓉
數位轉譯 / 徐真玉　沈裕閔
圖書銷售 / 林怡君
法律顧問 / 毛國樑　律師
出版印製 / 秀威資訊科技股份有限公司
　　　　　台北市內湖區瑞光路 583 巷 25 號 1 樓
　　　　　電話：02-2657-9211　　　傳真：02-2657-9106
　　　　　E-mail：service@showwe.com.tw
經 銷 商 / 紅螞蟻圖書有限公司
　　　　　台北市內湖區舊宗路二段 121 巷 28、32 號 4 樓
　　　　　電話：02-2795-3656　　　傳真：02-2795-4100
　　　　　http://www.e-redant.com

2010 年 7 月 BOD 一版
定價：240 元

讀 者 回 函 卡

感謝您購買本書，為提升服務品質，煩請填寫以下問卷，收到您的寶貴意見後，我們會仔細收藏記錄並回贈紀念品，謝謝！

1. 您購買的書名：＿＿＿＿＿＿＿＿＿＿＿＿＿＿＿＿＿＿＿

2. 您從何得知本書的消息？

　□網路書店　□部落格　□資料庫搜尋　□書訊　□電子報　□書店

　□平面媒體　□ 朋友推薦　□網站推薦 □其他＿＿＿＿＿＿

3. 您對本書的評價：(請填代號　1.非常滿意 2.滿意 3.尚可 4.再改進)

　封面設計＿＿　版面編排＿＿　內容＿＿　文/譯筆＿＿　價格＿＿

4. 讀完書後您覺得：

　□很有收獲　□有收獲　□收獲不多　□沒收獲

5. 您會推薦本書給朋友嗎？

　□會　□不會，為什麼？＿＿＿＿＿＿＿＿＿＿＿＿＿＿＿＿＿

6. 其他寶貴的意見：＿＿＿＿＿＿＿＿＿＿＿＿＿＿＿＿＿＿＿

＿＿＿＿＿＿＿＿＿＿＿＿＿＿＿＿＿＿＿＿＿＿＿＿＿＿＿＿＿

＿＿＿＿＿＿＿＿＿＿＿＿＿＿＿＿＿＿＿＿＿＿＿＿＿＿＿＿＿

＿＿＿＿＿＿＿＿＿＿＿＿＿＿＿＿＿＿＿＿＿＿＿＿＿＿＿＿＿

讀者基本資料

姓名：＿＿＿＿＿＿＿＿＿＿＿　年齡：＿＿＿＿　性別：□女 □男

聯絡電話：＿＿＿＿＿＿＿＿＿　E-mail：＿＿＿＿＿＿＿＿＿＿＿

地址：＿＿＿＿＿＿＿＿＿＿＿＿＿＿＿＿＿＿＿＿＿＿＿＿＿＿

學歷：□高中(含)以下　　□高中　　□專科學校　　□大學

　　　□研究所(含)以上 □其他＿＿＿＿＿＿＿＿

職業：□製造業 □金融業 □資訊業 □軍警 □傳播業 □自由業

　　　□服務業 □公務員 □教職　□學生 □其他＿＿＿＿＿＿

To：114

台北市內湖區瑞光路 583 巷 25 號 1 樓

秀威資訊科技股份有限公司　　　收

寄件人姓名：

寄件人地址：□□□

(請沿線對摺寄回,謝謝!)

秀威與 BOD

BOD（Books On Demand）是數位出版的大趨勢，秀威資訊率先運用 POD 數位印刷設備來生產書籍，並提供作者全程數位出版服務，致使書籍產銷零庫存，知識傳承不絕版，目前已開闢以下書系：

一、BOD 學術著作—專業論述的閱讀延伸
二、BOD 個人著作—分享生命的心路歷程
三、BOD 旅遊著作—個人深度旅遊文學創作
四、BOD 大陸學者—大陸專業學者學術出版
五、POD 獨家經銷—數位產製的代發行書籍

BOD 秀威網路書店：www.showwe.com.tw
政府出版品網路書店：www.govbooks.com.tw

永不絕版的故事·自己寫·永不休止的音符·自己唱